বিষকন্যা রহস্য

BISHKONYA ROHOSYO
(Adult Crime Thriller)
BY
Sanjib Sinha

Published by
Chika Book
https://chikabook.in/

প্রথম মুদ্রণ
মে, ২০২৬

প্রচ্ছদ, অলঙ্করণ ও বিন্যাস
অমিতাক্ষর দেব

মূল্য: ২৫০ টাকা

বিষকন্যা রহস্য

সঞ্জীব সিনহা

Chika
Book

বিমান কুমার বসুকে

সতর্কীকরণ

এই গল্পের প্রতিটি চরিত্র, ঘটনা এবং সংলাপ লেখকের নিজস্ব কল্পনাপ্রসূত। কাহিনীর প্রয়োজনে কিছু বাস্তব স্থান বা প্রতিষ্ঠানের নাম উল্লেখ করা হয়ে থাকলেও, তাদের পারিপার্শ্বিকতা সম্পূর্ণ কাল্পনিক। বাস্তবের কোনো ব্যক্তি, জীবিত বা মৃত, অথবা কোনো প্রশাসনিক বা আইনি ঘটনার সাথে এই গল্পের কোনো চরিত্রের সাদৃশ্য থাকলে তা সম্পূর্ণ অনিচ্ছাকৃত ও কাকতালীয় মাত্র। কাহিনীটি কিশোরপাঠ্য নয়। প্রাপ্তবয়স্ক ও প্রাপ্তমনস্কদের জন্য লেখা।

প্রোলোগ - শহরে দ্বিতীয় লাশ

কলকাতার বুকে শেষ কবে এমন কুয়াশা পড়তে দেখেছে, মনে করতে পারছে না বিক্রম। এক হাত দূরেও কিছু দেখা যাচ্ছে না। মনে হচ্ছে, তিনশো বছরের পুরনো তিলোত্তমার মন খুব খারাপ। সে কাউকে দেখা দিতে চায় না।

গ্যারেজ থেকে কাওয়াসাকি বের করতে গিয়েও ওর মনে হল, এমন ঘন, চোখ-না-চলা-কুয়াশা ঠেলে যাওয়ার জন্য বুলেটটাই আদর্শ। ফলে একেবারে শেষ মুহূর্তে মত বদলাল বিক্রম।

বছর কুড়ির পুরোন এই রয়্যাল এনফিল্ডের একটা নিজস্ব গম্ভীর আওয়াজ আছে, যা আগে থাকতেই মানুষকে সতর্ক করে দেয়। এই লো-ভিজিবিলিটির জন্য যা আদর্শ।

ঠিক আধ ঘণ্টা আগে পুলিশের চিফ ডিটেকটিভ মতিলাল মিস্ত্রী ফোন করেছিলেন, তাঁর গলা ছিল, এই কুয়াশার থেকেও ভারি, ভায়া, খুব খারাপ খবর আছে।

কেন মতিবাবু, কী হয়েছে?

ফের শহরে লাশ পাওয়া গেছে। এবারেও ভিকটিম কিশোরী। কলেজ স্টুডেন্ট। আমি স্পটে যাচ্ছি। আসবে নাকি?

বিক্রম বলেছিল, অবশ্যই।

মতিলাল বলেছিলেন, তাহলে তোমাকে যাওয়ার পথে তুলে নিচ্ছি।

বিক্রম বলেছিল, তার দরকার নেই মতিবাবু, আপনাকে অনেকটা ফালতু ঘুরতে হবে। আমি পৌঁছে যাচ্ছি। লোকেশনটা বলুন।

এবার একইসঙ্গে জাঁকিয়ে ঠাণ্ডাটাও পড়েছে। তবে এক সময় কম্যান্ডো সেন্টারের ট্রেনার, এক্স-কম্যান্ডো বিক্রমের কাছে এই ঠাণ্ডা আসলে কোনও ঠাণ্ডাই নয়। এমন জায়গায় গিয়ে ওকে শত্রু নিকেশ করতে হয়েছে, যেখানে টেম্পারেচার ছিল মাইনাস ৩০।

বেরনোর আগে বিক্রম আড়চোখে ঘড়িটা দেখল, ঠিক সাড়ে পাঁচটা।

বাইরে যখন বেরিয়ে এল, শহর শুনশান। সকালের আলো ফোটেনি। কুয়াশার ভেতরে ফগ লাইট জ্বালিয়ে খুব আস্তে আস্তে একটি, দুটি গাড়ি যাচ্ছে। গোটা শহরটাই যেন শীতে কুঁকড়ে ছোট হয়ে গেছে।

বুলেটে স্টার্ট দিল বিক্রম।

১. তিলজলা লেনের বিভীষিকা

শব্দটা কোথা থেকে আসছে?
অ্যালার্ম ক্লক?
আধো-অন্ধকার ঘরে শুয়ে মতিলাল মিস্ত্রী হাতের আন্দাজে স্নুজ বাটনটা খোঁজার চেষ্টা করলেন।
কিন্তু কম্বলের ওম ছেড়ে হাতটা বাইরে বের করতেই যেন মন চাইছে না।
উফ, কী ঠাণ্ডা রে বাবা? শেষ কবে কলকাতায় এমন ঠাণ্ডা পড়েছে?
ভোরের দিকে ঠাণ্ডাটা আরও জাঁকিয়ে পড়ে।
একটু পরেই মতিলাল বুঝলেন, ওটা অ্যালার্ম নয়, ফোনের রিংটোন। স্বপ্নের ভেতর নয়, আসলে বাস্তবিকই ফোনটা বাজছে।
ফোনটা রিসিভ করলেন মতিলাল।
ঘুমজড়ানো গলায় বললেন, বলছি, মতিলাল মিস্ত্রী।
ওপাশে ডিটেকটিভ ডিপার্টমেন্টের সাব-ইন্সপেক্টর রাঘব। গলাটা কাঁপছে উত্তেজনায়, স্যার, ফের একটা মেয়ের ডেডবডি পাওয়া গেছে। তিলজলা লেনের কাছে।
রাঘবের গলার কাঁপুনি মতিলালের ঘুমটা পুরোপুরি উড়িয়ে দিল।
বাইরে এত কুয়াশা যে বোঝা মুস্কিল এটা ভোর নাকি রাত এখনও কাটেনি?
তার মধ্যে শহরের বুকে আরও একটা লাশ?
খবরটার ধাক্কা সামলাতে কয়েক সেকেন্ড সময় নিলেন মতিলাল।
বিড়বিড় করে বললেন, একটা ডেডবডি দেখতে হবে! এই ভোরে! কী কপাল করেছি রে ভাই।

মতিলাল সাধারণত এই সময় মর্নিং ওয়াকে বেরোন।
ফলে এমনিতেই ঘুমের শেষ স্তরে ছিলেন তিনি।
সেই কারণে রিংটোনটা প্রথমে মনে হয়েছিল অন্য কোনও গ্যালাক্সি থেকে আসছে।
আসলে একটা অদ্ভুত স্বপ্ন দেখছিলেন তিনি। কোনও একটা অচেনা জায়গা, অদ্ভুত কিছু মানুষ, মাথামুণ্ডু কিছুই বোঝা যাচ্ছিল না।
বয়স বাড়লে ভোরে এই ধরণের হিজিবিজি স্বপ্ন রুটিন হয়ে দাঁড়ায়। সেই স্বপ্নের ঘোর কাটিয়ে রাঘবের গলাটা যেন তাঁর স্নায়ুর ওপর চাবুকের মতো আছড়ে পড়ল।
রাঘব বরাবরই কাজ-পাগল। ক্রিমিনালদের পেছনে দৌড়ানোই ওর একমাত্র নেশা, ফলে সে যে এই সাত সকালে কলকাতা শহরে একটা লাশ পেয়ে এতটা এক্সাইটেড হবে, তাতে আর আশ্চর্য কী?

মতিলাল উঠে পড়লেন। হাত কাঁপছে না, গলার স্বরও এখন একদম স্বাভাবিক। ডিটেকটিভ চিফ হিসেবে তিনি নিজের কাজটা জানেন। ফোনটা রাখার আগে রাঘবকে ইনস্ট্রাকশন দিলেন, বাবুলালকে লোকেশনটা শেয়ার করে দাও। ওকে বলো দাও দশ মিনিটে রেডি হতে। দশ বললে ও বিশ মিনিট নেবে। আমি আধ ঘণ্টার মধ্যে ওখানে পৌঁছাচ্ছি।
রাঘবের ফোনটা রেখেই মতিলাল এবার মতিলাল অন্য একটি মোবাইল বের করলেন। এটি বিক্রমের জিনিয়াস হ্যাকার ফ্রেন্ড পিজি ওরফে প্রকাশ গুপ্তের তৈরি করা। এন্ড টু এন্ড এনক্রিপটেড। নট ট্রেসেবল।
মতিলাল ফোন করতেই বিক্রম ধরে নিল।
মতিলাল বললেন, ভায়া, খুব খারাপ খবর আছে।
বিক্রম বলল, কেন মতিবাবু, কী হয়েছে?
ফের শহরে লাশ পাওয়া গেছে। এবারেও ভিকটিম কিশোরী। কলেজ স্টুডেন্ট। আমি স্পটে যাচ্ছি। আসবে নাকি?
বিক্রম বলেছিল, অবশ্যই।
মতিলাল বলেছিলেন, তাহলে তোমাকে যাওয়ার পথে তুলে নিচ্ছি।
বিক্রম বলেছিল, তার দরকার নেই মতিবাবু, আপনাকে অনেকটা ফালতু ঘুরতে হবে। আমি পৌঁছে যাচ্ছি। লোকেশনটা বলুন।

মতিলালের ড্রাইভার বাবুলাল পার্ক স্ট্রিটের পুলিশ কোয়ার্টারের গ্রাউন্ড ফ্লোরেই থাকে। খাতায়-কলমে সে মতিলালের বডিগার্ডও বটে। যদিও দু-বছর পর রিটায়ার করতে চলা বাবুলাল আজও একটা রিভলভার ঠিকমতো ধরতে পারে না।
ডিটেকটিভ চিফ হিসেবে মতিলাল চাইলে আরও বেশি সজাগ, স্মার্ট বডিগার্ড পেতে পারতেন। কিন্তু তিনি নিজেই সেটা রিফিউজ করেছেন। বাবুলাল মানুষটি ভাল। নেহাতই ভুল করে পুলিশ ফোর্সে এসে পড়েছে।
গাড়ি চালাতে চালাতে বাবুলাল সারাক্ষণ তার সংসারের কথা বলে।
তার স্ত্রী, ছেলে, মেয়ে, কাজের দিদি। বিশেষ করে বাবুলালের বাড়ির পরিচারিকা মনুদির গল্প মতিলাল যত শোনেন, ততই মুগ্ধ হয়ে যান।
ভদ্রমহিলার স্বামী নাকি সরকারি চাকরি করে। কিন্তু লোকের বাড়ি ঘুরে ঘুরে কাজ করাটা নাকি ওই মহিলার নেশা। সারাদিন এক বাড়ির খবর আরেক বাড়িতে সরবরাহ করে বিভিন্ন বাড়ির মধ্যে ঝগড়া-ঝাটি লাগানোটা হচ্ছে ওই মহিলার একমাত্র কাজ।
সত্যি সেলুকাস, কী বিচিত্র এই দেশ।
এ জীবনে মতিলালের আর সংসার করা হল না। তিনি তাই বাবুলালের কাছে বাঙালির সংসার করার টেকনিকগুলো জানার চেষ্টা করেন।
একজন ডিটেকটিভ হিসেবে মতিলাল বিশ্বাস করেন, সব ইনফরমেশনই কখনও না কখনও কাজে লেগে যায়।

তাছাড়া মতিলাল ফ্রি মুভমেন্টে বিশ্বাস করেন। এমন কিছু ব্যক্তিগত কারণ আছে যা তিনি সবার কাছে ডিসক্লোজ করতে চান না। ফলে এই ধরনের এমার্জেন্সি ছাড়া বাবুলালকে তাঁর লাগে না। বাকি সময় তিনি নিজের মতো ট্যাক্সি বা বাসে যাতায়াত করেন। এখন তো আবার অনলাইনে ক্যাবও বুক করে নেওয়া যায়।

টয়লেটে গিয়ে মতিলাল ফ্রেশ হয়ে নিলেন দ্রুত। ভেবেছিলেন দশ মিনিট লাগবে, কিন্তু কনকনে ঠাণ্ডা জলের জন্য পনেরো মিনিট পার হয়ে গেল সময়টা।
বাইরে তখনো অন্ধকার। পাখিদের কিচিরমিচির কেবল শুরু হয়েছে মাত্র। ডিসেম্বরের সেই কামড়ানো ঠাণ্ডাটা বাতাসে মিশে বাইরের কুয়াশাকে আরও ভারি আর গম্ভীর করে তুলেছে।
কলকাতায় শীত অনেকটা সিনেমায় গেস্ট অ্যাপিয়ারেন্সের মতো, আসে আর হুট করে চলে যায়। বলা ভাল লুকোচুরি খেলে শহরবাসীর সঙ্গে। কিন্তু এবার শীতটা শুরু থেকেই বেশ জাঁকিয়ে ব্যাটিং করছে। উইকেট ছেড়ে নড়ার কোনও লক্ষণই নেই।
গাড়ির কাছে বাবুলাল দাঁড়িয়ে ছিল। একটা স্যালুট ঠুকে ঘুম জড়ানো গলায় বিড়বিড় করল, তিলজলা লেন, স্যার?
মতিলাল প্রথমেই লক্ষ্য করলেন, মাফলার জড়ানো বাবুলালের মুখে কিছু একটা মিসিং।
বললেন, তোমার চশমা কোথায়, বাবুলাল?
প্রশ্নটা শুনে বাবুলাল বেশ অস্বস্তিতে পড়ে গেল।
কাঁপতে কাঁপতে দীর্ঘশ্বাস ফেলে বলল, স্যার, তাড়াহুড়ো করে বেরোতে গিয়ে ভুলে গেছি। খুব ঠাণ্ডা তো,,,
মতিলাল ছোট করে বললেন, চশমাটা নিয়ে এসো। তাড়াহুড়োর দরকার নেই, হাতে সময় আছে।
বাবুলাল যখন কোয়ার্টারের দিকে দৌড়াচ্ছে, মতিলাল পেছন থেকে চেঁচিয়ে বললেন, মুখে একটু ঠাণ্ডা জল দিয়ে এসো, ভালো লাগবে।

ভালো লাগা বা খারাপ লাগা আসলে মানুষের হাতে থাকে না। সবটাই নেচারের খেলা। ভাগ্য সহায় থাকলে তবেই প্ল্যানমতো কাজ হয়।

বাবুলাল চশমা পরে নতুন কনফিডেন্স নিয়ে ফিরে এল।
স্টিয়ারিংয়ে হাত রেখে দিনের প্রথম মন্তব্যটি করল, স্যার, রাঘববাবু যা বলল, তাতে তো মনে হচ্ছে নির্ঘাত স্টোনম্যান ফিরে এসেছে।
মতিলালের কাছে কোনও সাড়া শব্দ না পেয়ে নিজেই আবার বলল, আমি সিওর, সেই লোকটাই আবার ফিরে এসেছে। নইলে এক মাসের মধ্যে

দ্বিতীয় ডেডবডি?
ঠিক একইভাবে বাবুলাল গত মাসে পার্ক স্ট্রিটের একটা গলিতে এক ভিখারির নৃশংস খুনের প্রসঙ্গেও একই কথা বলেছিল।
যদিও পরে জানা গিয়েছিল, ফুটপাতে শোয়ার জায়গা নিয়ে বচসার জেরে ওই খুন হয়েছিল।
স্টোনম্যানের কোনও গল্প সেখানে ছিল না।
সত্যি কথা বলতে কী, মতিলাল এইসব আলোচনার মুডে ছিলেন না।
স্টোনম্যান হোক বা না হোক, একটা মেয়ের বডি পাওয়া গেছে, এটাই এখন একমাত্র ফ্যাক্ট।
গাড়ি যখন স্টার্ট দিল, মতিলালের ফোনে আরও কিছু ইনফরমেশন এল। রাঘব লিখেছে, কলেজ স্টুডেন্ট, কাল রাত থেকে নিখোঁজ ছিল।

মতিলাল ডিটেকটিভ ডিপার্টমেন্টের চার্জ নেওয়ার পর গত দু-বছরে এই তিনশ বছরের পুরনো শহরে বড় কোনও ঘটনা ঘটেনি।
১৬৯০ সালে জব চার্নক সুতানুটিতে যে ট্রেডিং পোস্ট বসিয়েছিলেন, তা ১৭৭২ সালে ব্রিটিশ ইন্ডিয়ার ক্যাপিটাল হয়ে ওঠে।
১৯১১ সাল পর্যন্ত সেটাই ছিল রাজধানী। সেই বছরই মোহনবাগান খালি পায়ে খেলে ইস্ট ইয়র্কশায়ার রেজিমেন্টকে হারিয়েছিল। যদিও রাজধানী কলকাতা থেকে দিল্লিতে শিফট করার পেছনে এর কোনও যোগসূত্র ঐতিহাসিকরা খুঁজে পাননি।
মতিলাল অবাক হয়ে ভাবলেন, তিনি খুনের বদলে কলকাতার ইতিহাস নিয়ে ভাবছেন কেন? আসলে ইদানীং কলকাতার ইতিহাসের ওপর একটা বই পড়ছিলেন তিনি। শহরের বিভিন্ন জায়গায় মানুষের বডি ল্যাঙ্গুয়েজ আর ফেসিয়াল এক্সপ্রেশন কীভাবে বদলে যায়, সেটা নিয়ে একটা ইন্টারেস্টিং রিসার্চ আছে বইটাতে।

তিলজলা লেনের স্পটে যখন গাড়ি পৌঁছাল, রাঘব আর স্থানীয় পুলিশ অফিসাররা ছুটে এলেন।
রাঘব খাটো কিন্তু বেশ শক্তপোক্ত চেহারার ছেলে। স্যালুট দিয়ে গাড়ির দরজা খুলে ধরল সে। ফিসফিস করে জানাল, বিক্রম স্যার এসে গেছে। উনি আপনার খোঁজ করছিলেন।
মতিলাল ক্যাজুয়ালি বললেন, কোথায় বিক্রম?
রাঘব বলল, ডেডবডির কাছেই আছে।
মতিলাল যেমনটা এক্সপেক্ট করেছিলেন, জায়গাটা বেশ নির্জন।
লাশ ডাম্প করার আদর্শ জায়গা। একটা ছোট পুকুর, কয়েকটা গাছ। দূরে কিছু মর্নিং ওয়াকার ভিড় করে দাঁড়িয়ে আছে। এই ঠাণ্ডা আর কুয়াশার ভেতরেও কিছু নাছোড়বান্দা লোক তাহলে হাঁটতে বেরোয়?

ভোরের আবছা আলোয় দূর থেকে তাদের রেমব্রান্টের আঁকা ছবির মতো লাগছে।
মতিলালের দুই লেফটেন্যান্ট, রাঘব আর শেখর তাঁকে স্পটের দিকে নিয়ে চলল।
যেতে যেতে শেখর বলছিল, স্যার, একদম কপি-বুক মার্ডার। এক জায়গায় খুন করে অন্য জায়গায় লাশ ফেলে দিয়ে আমাদের কনফিউজ করার চেষ্টা করেছে।

মতিলালের মনে হচ্ছিল এটা যেন বহুবার দেখা কোনও সিনেমার সিকুয়েন্স।
কুয়াশা ঠেলে বিক্রম এগিয়ে এল, মতিবাবু, গুড মর্নিং।
মতিলাল হাত মেলালেন, গুড আর কোথায় হল, ভায়া?
বিক্রম জিজ্ঞেস করল, বডি কে প্রথম দেখল?
মতিলাল একই প্রশ্ন করতে যাচ্ছিলেন।
তার আগেই রাঘব একজনকে সামনে নিয়ে এল। নাম গোপাল। পেশায় খবরের কাগজ হকার। বয়সের ভারে একটু ঝুঁকে পড়লেও পিঠে পনিটেইল করা সাদা চুল আর দাড়িতে তাকে অনেকটা আমেরিকান অ্যাপাচি আদিবাসীদের মতো লাগছে।
লোকটা যদিও এই মুহূর্তে বেশ নার্ভাস।
মতিলাল তার পিঠে হাত রেখে আশ্বস্ত করলেন, ভয় নেই গোপালবাবু। কখন বডিটা দেখলেন?
গোপাল আমতা আমতা করে বলল, স্যার, হাতে তো ঘড়ি নেই। তবে টাইম একটা আন্দাজ করতে পারি। মঙ্গলের কাছ থেকে খবরের কাগজের কোটা নিয়ে ফেরার পথে আমি এখানে থেমেছিলাম।
- মঙ্গল কে? বিক্রম জানতে চাইল।
গোপাল বলল, মেন ভেন্ডার স্যার। ভোর পাঁচটা নাগাদ পেপার নিয়ে এই পথ দিয়ে যাওয়ার সময় আমি এখানে একটু মাইনাস করতে দাঁড়াই। বয়স হয়েছে তো, মিনিট তিনেক লাগে। এটা রোজকার অভ্যাস।
মতিলাল মাথা নাড়লেন, ভালো অভ্যাস। তা বডিটা কি সুসু করার আগে দেখলেন না পরে?
গোপাল থতমত খেয়ে বলল, মাইনাস সারা হয়ে গিয়েছিল স্যার, নইলে,,,
বাকিটা আর সে বলল না। কিন্তু বোঝা গেল, বাকি সুসুটাও বন্ধ হয়ে যেত।
তারপর একটু থেমে গোপাল যোগ করল, খুব অন্ধকার ছিল তখনো।
সাইকেলটা রেখে পুকুরের ওই গাছটার দিকে গিয়েছিলাম। ফেরার সময় দেখি মেয়েটা বস্তার ভেতর থেকে আমার দিকে তাকিয়ে আছে। প্রথমে ভেবেছিলাম কোনও পাগল বসে আছে। একা ছিলাম তো, খুব ভয় পেয়ে গিয়েছিলাম।
তারপর সাহস করে একটু কাছে যেতেই রক্ত দেখলাম। মনে পড়ে গেল একমাস আগের মার্ডারটার কথা। ঠিক এভাবেই তো বডি ফেলে গিয়েছিল।
খবরের কাগজে পড়েছিলাম।

বিক্রম বলল, তারপর আপনি সোজা থানায় গিয়ে খবর দিলেন, তাই তো?
গোপাল মাথা নাড়ল, হ্যাঁ স্যার। থানা এখান থেকে তিন মিনিটের হাঁটা পথ। সাইকেলে ৩০ সেকেন্ড।
মতিলাল হাসলেন বিক্রমের দিকে তাকিয়ে। বললেন, লোকটা বেশ সাহসী। ইম্পর্ট্যান্ট উইটনেস। সবথেকে বড় কথা সবকিছুতেই মিনিট, সেকেন্ডের হিসেব রাখে।
তারপর মতিলাল ঘুরলেন শেখর ও রাঘবের দিকে, ওর সাথে টাচে থেকো। গোপালকেও বললেন, খুব ভালো কাজ করেছেন গোপালবাবু। জার্নালিস্টরা আসার আগেই আমরা পৌঁছে যেতে পারলাম শুধু আপনার জন্য। ভাগ্য ভালো কোনও ফটোগ্রাফার এখনও খবর পায়নি।

কথাটা শেষ হতে না হতেই একটা গাড়ি খুব কাছে এসে ব্রেক কষে দাঁড়াল ওদের সামনে।
ক্যামেরা হাতে এক ফটোগ্রাফার নেমেই চিৎকার শুরু করল, বডিটা কোথায়? কেউ উত্তর দিল না। সে এগোতে চাইলে পুলিশ তাকে ঘিরে ধরল। লোকটাকে মতিলাল চেনেন। খুব বড় একটি কাগজের চিফ ফটোগ্রাফার।
সম্ভবত সেই ক্ষমতার দাপট দেখিয়ে বলল, চিফ, কিছু একটা করুন। আমি - সত্যবাদী যুধিষ্ঠির - থেকে আসছি,,, কাগজের নামটা নিয়ে হয়ত বোঝাতে চাইল ওরা ঠিক কতটা ক্ষমতাসম্পন্ন।
মতিলাল রাঘবকে বললেন, ওকে ফের ঠেলে ওর গাড়িতে তুলে দাও। ড্রাইভারকে বলো এখনই এখান থেকে বিদেয় হতে, নইলে আমি সবার সামনে ওর পেছনে এমন একটি কষিয়ে লাথি মারব যে ও আর সিটে বসে গাড়ি চালাতে পারবে না।
বলার আর দরকার হল না, ড্রাইভার নিজের কানেই মতিলালের সুললিত ভাষণ শুনতে পেল ও সঙ্গে সঙ্গে গাড়িতে স্টার্ট দিল।
তারপর যত তাড়াতাড়ি এসেছিল, তার থেকেও তাড়াতাড়ি চলে গেল জায়গাটা ছেড়ে।
বিক্রম হাসতে হাসতে বলল, প্রেসের সঙ্গে আপনার প্রেম তো দেখছি জমে উঠেছে মতিবাবু?
মতিলাল তাঁর স্বভাবসিদ্ধ খুকখুক করে হাসলেন, আর বোলো না ভায়া। অনেকে সন্দেহ করে এটা নাকি আমার নেগেটিভ প্রচার। সাধে কী আর ওরা উঠতে বসতে আমাকে গাল পাড়ে? কিন্তু ওরা আসল জিনিসটা বোঝে না। একটা ক্রাইম সিনে কতরকম এভিডেন্স থাকে বলো তো? পায়ের জুতোর ছাপ থেকে শুরু করে, গাড়ির চাকার দাগ, কত কী। সেখানে এসে ভিড় জমালে হয়? যাকগে, তুমি ভায়া কী দেখলে বলো তো?
বিক্রম বলল, প্রোফেশনাল কাজ। গলায় লিগেচারের দাগ দেখা যাচ্ছে। ক্লিয়ার স্ট্র্যাংগিউলেশন। চোক করে মারা হয়েছে মেয়েটাকে। সম্ভবত ঘুমের মধ্যে।

মনে হচ্ছে ঘুমের আগে কড়া ডোজের কোনও সিডেটিভ ইউজ করা হয়েছে। অবভিয়াসলি সেটা হয়ে থাকলে বাড়ির কারও হাত থাকাটাই স্বাভাবিক। কারণ কোনও স্ট্রাগলের চিহ্ন নেই। সুরতহাল করতে এসেছে কামেশ্বর, তারও দেখলাম একমত।
মতিলাল হালকা শিস দিয়ে উঠলেন, এ তো ঠিক আগের মার্ডারটারই মত। চলো যাওয়া যাক। মাঝখানে এই প্রেস পার্টি এসে সব ঘেঁটে দিল।
পুলিশের তাড়া খেয়ে গাড়িটা যখন চলে যাচ্ছে, ফটোগ্রাফার মতিলালের একটা ছবি তুলল।
মতিলাল তখন তাকে মাঝখানের আঙুল তুলে বোঝানোর চেষ্টা করছিলেন, কীভাবে আঙুলটার ঠিকঠাক ব্যবহার করা যায়।
ওই আঙুলের ভঙ্গিতে হয়ত তিনি নিজের জাতের পরিচয়টাও দিচ্ছিলেন, অন্তত সেই ফটোগ্রাফারকে মনে করিয়ে দিচ্ছিলেন, তাঁর দলিত পূর্বপুরুষদের ওপর এতদিনের চলে আসা অত্যাচারের কথা।

মতিলাল এসবে অভ্যস্ত। জন্মসূত্রে তিনি দলিত এবং ব্রাত্য হতে পারেন, কিন্তু নিজের মেধার জোরে আইপিএস হয়েছেন। ক্যালকাটা ইউনিভার্সিটি থেকে ম্যাথমেটিক্সে ফার্স্ট ক্লাস ফার্স্ট হওয়ার পর কোটা ছাড়াই এই চাকরি পেয়েছেন তিনি রীতিমত পরীক্ষা দিয়ে ও টপার হয়ে।
চাইলে ডক্টরেট করতে পারতেন, বিদেশের কলেজে প্রফেসর হতে পারতেন ভীমরাও আম্বেদকরের মতো।
কিন্তু তাঁর বাবা, যিনি একজন অশিক্ষিত রাজমিস্ত্রি ছিলেন, চেয়েছিলেন ছেলে পুলিশ অফিসার হোক। এই ইচ্ছের পেছনে একটাই কারণ, যাতে বছরের পর বছর ধরে উচ্চবর্ণের শোষণ ও অত্যাচার সহ্য করা একটা ক্ষমতাহীন পরিবার একটু ক্ষমতা পায়। শতাব্দীপ্রাচীন শত্রুদের উদ্দেশ্যে মনে মনে মতিলাল বললেন, উচ্ছন্নে যাও।
লাশের দিকে ওঁরা এগনোর আগেই মতিলাল খেয়াল করলেন, রাঘব ও শেখর হন্তদন্ত হয়ে এগিয়ে আসছে তাঁদের দিকে।
দূর থেকেই মতিলাল দেখলেন রাঘবের মুখটা রক্তাভ হয়ে উঠেছে। সে দৌড়ে মতিলালের কাছে এসে চাপা উত্তেজনায় ফেটে পড়ল, স্যার, একবার এদিকে আসুন।
মতিলাল বললেন, কী হয়েছে রাঘব?
তারপর রাঘব যা বলল, তা শোনার পর মতিলালের মনে হল পায়ের তলার মাটিটা সরে যাচ্ছে।

২. খুনীর চ্যালেঞ্জ

স্পটে যখন ওঁরা পৌঁছলেন, মেয়েটির বডি তখন বস্তা থেকে সবেমাত্র বের করা হয়েছে। মতিলালের চোখে প্রথমেই যেটা ধরা পড়ল, সেটা হল সেই পাটের বস্তাটা। একদম আইডেন্টিক্যাল।

ঠিক এক মাস আগের মার্ডারের ক্ষেত্রেও ঠিক এই ধরনের বস্তা ব্যবহার করা হয়েছিল না?

এই এলাকায় স্বাধীনতার পর থেকেই রুলিং পার্টি আর অপজিশনের মধ্যে পলিটিক্যাল রাইভ্যালরি লেগেই আছে।

চান্দু হল রুলিং পার্টির গ্যাং লিডার, আর তার মেইন হ্যান্ডম্যান হল ছোনি। অন্যদিকে আছে গোরা।

চান্দুর দল ভেঙে বেরিয়ে গিয়ে নিজের দল গড়েছে। প্রতি তিন-চার মাস অন্তর এখানে একটা করে জোয়ান ছেলের লাশ পড়ে। পুলিশ দু-দলেরই কয়েকজনকে তুলে নিয়ে যায়, কিন্তু পলিটিক্যাল ইন্টারভেনশনে ওরা ঠিক বেল পেয়ে বেরিয়ে আসে।

বডিটা একটা চাদরের ওপর শোয়ানো ছিল।

মেয়েটি সুন্দরী। বেশ শার্প ফিচারস। কিন্তু সেই হ্যান্ডসাম মুখে এখন প্রাণের কোনও স্পন্দন নেই। ভোরের প্রথম আলো তার ফ্যাকাশে মুখে পড়লেও কোনও রিঅ্যাকশন নেই। চোখ দুটো বন্ধ, যেন ঘুমোচ্ছে। মনে হচ্ছে ঘুমের মধ্যেই তাকে মারা হয়েছে। কিন্তু এই বয়সের মেয়ের শরীরে হাত পড়লেই রিঅ্যাকশন প্রত্যাশিত। ফলে ঘুম ভেঙে যাওয়ার কথা ছিল। কিন্তু দেখা যাচ্ছে ওর ঘুম ভাঙেনি। বিক্রম ঠিকই বলেছে, পোস্ট মর্টেম রিপোর্ট পেলে জানা যাবে, ড্রাগের ওভারডোজ রয়েছে কি না। সেক্ষেত্রে সম্ভবত ঘুমের মধ্যেই অ্যাসফিক্সিয়েটেড।

রাঘব বলল, স্যার, ওর হ্যান্ডব্যাগটা পাওয়া গেছে। ভেতরে আইডেন্টিটি কার্ড আছে। কলেজ আইডি। আর একটা ব্ল্যাক অ্যান্ড হোয়াইট রিসেন্ট ফটোগ্রাফ পাওয়া গেছে অন্য একটা মেয়ের সঙ্গে। সম্ভবত ওর বন্ধু।

- ওর কলেজ ব্যাগ? মতিলাল অবাক হয়ে জিজ্ঞেস করলেন।

শেখর পাশ থেকে বলল, এটা খুব অড, স্যার।

- অফকোর্স, মতিলাল মাথা নাড়লেন। কিলার এতটা কেয়ারলেস যে আমাদের কাজ সহজ করার জন্য ওর আইডেন্টিটি ফেলে রেখে গেল? নাকি এটা ওর চ্যালেঞ্জ?

রাঘবকে বেশ এজিটেটেড দেখাল। মিস্ট্রিটা তাকে কনফিউজ করে দিচ্ছে।

বিক্রম এতক্ষণ চুপচাপ বডিটা স্টাডি করছিল। সে এবার মুখ খুলল, এর একটা কারণই হতে পারে মতিবাবু। কিলার খুব অডাসিয়াস। আমাদের চ্যালেঞ্জ জানাচ্ছে আইডেন্টিটি ওপেন করে দিয়ে। সে চাইলে এভিডেন্স ডেস্ট্রয় করতে

পারত, কিন্তু করল না। কেন?
মতিলাল ফরেনসিক হেড ডঃ শৈলেন্দ্র সেনের দিকে ফিরলেন, স্পেশাল কিছু পেলেন, ডক?
ডঃ সেন তাঁর টাক মাথায় হাত বুলিয়ে মাথা নাড়লেন, নোপ, নাথিং স্পেশাল, চিফ। সিম্পল স্ট্র্যাঙ্গুলেশন কেস। আমার মনে হয় ওকে প্রথমে ড্রাগ করা হয়েছিল, তারপর বালিশ চাপা দিয়ে অ্যাসফিক্সিয়েট করা হয়েছে। ধস্তাধস্তির কোনও চিহ্ন নেই। কিলার বডি টাচও করেনি সম্ভবত, সো নো সেক্সুয়াল মোটিভ।
মতিলাল বডিটার দিকে তাকিয়ে বললেন, কিলার খুব তাড়াহুড়ো করছিল। নিঃশব্দে কাজটা সেরেছে। মেয়েটাকে সম্ভবত ওর নিজের ঘরেই ঘুমের মধ্যে মারা হয়েছে, তারপর বডিটা এখানে ডাম্প করা হয়েছে। এখানে একের বেশি লোক ইনভলভড। কোয়েশ্চেন হল, ঠিক কতজন?
ভোরের ঠাণ্ডা বাতাসটা একবার বুক ভরে টেনে নিয়ে মতিলাল বিড়বিড় করলেন, ওকে, লেটস ওয়েট ফর দ্য পোস্টমর্টেম রিপোর্ট। কোনও পায়ের ছাপ বা গাড়ির টায়ারের দাগ?
কামেশ্বর পাশ থেকে বলল, পাওয়া গেছে স্যার। ছবি তোলা হয়েছে।
শেখর জিজ্ঞেস করল, ফোরেনসিক কি হয়ে গেছে স্যার। বডি কি পোস্টমর্টেমে পাঠাব?
মতিলাল বললেন, ফটোগ্রাফ নেওয়া হয়েছে?
- হ্যাঁ স্যার।
- তাহলে বডি পাঠিয়ে দাও। আর ওর মায়ের সাথে কন্টাক্ট করো। মতিলাল একটু থেমে যোগ করলেন, কিলার হয় আমাদের সাহায্য করছে, সেক্ষেত্রে অন্য মনস্তত্ব কাজ করছে। নয়তো ওদের খুব হারি ছিল। অদ্ভুত ব্যাপার, ওরা কেন চায় আমরা সহজেই ভিকটিমকে চিনে ফেলি? এভিডেন্স ডেস্ট্রয় করার অনেক রাস্তা ছিল। পুড়িয়ে দিতে পারত, জলে ফেলে দিতে পারত। কিন্তু তা না করে আইডেন্টিটি ফেলে রেখে গেল। এর মানে একটাই, হয় ওরা খুব তাড়াহুড়োয় ছিল, অথবা ওরা চায় এটাই প্রমাণ করতে যে বাড়ির লোকের যোগ রয়েছে, আমাদের স্রেফ হায়ার করা হয়েছে ফর মার্ডার।
রাঘব বলল, আপনার কী মনে হয় স্যার, কিলার কি এই মেয়েটিকে বা এই ফ্যামিলিকে চিনত?
মতিলাল বডিটার দিকে কিছুক্ষণ তাকিয়ে থেকে বললেন, জানি না। পরিবেশটা কিছুক্ষণের জন্য সাইলেন্ট হয়ে গেল।
মতিলাল আবার শুরু করলেন, যাই হোক, বডিটা পোস্টমর্টেমে পাঠাও। কামেশ্বরকে বলো বিকেলের মধ্যে সুরতহাল রিপোর্টটা তৈরি করে আমার অফিসে পাঠাতে। আর শেখর,,,
শেখর এগিয়ে এল, ইয়েস স্যার।
- তুমি অ্যাড্রেসটা জানো, ওর মাকে গিয়ে ইনফর্ম করো। আমি চাই না উনি

এখন পুলিশ স্টেশনে আসুন। আমি নিজেই সন্ধ্যায় ওঁর সঙ্গে দেখা করতে যাব। কথা আছে। কিন্তু তার আগে আমি সুরতহাল রিপোর্টটা দেখতে চাই। সো গেট ইন টাচ উইথ কামেশ্বর। ওকে?
সাধারণত কোনও আনন্যাচারাল ডেথ বা সাসপিশাস সারকামস্ট্যান্সে বডি পাওয়ার সঙ্গে সঙ্গেই একজন পুলিশ অফিসারকে সুরতহাল রিপোর্ট তৈরি করতে হয়। অ্যাসিস্ট্যান্ট সাব-ইন্সপেক্টর কামেশ্বর এই কাজে এক্সপার্ট। ইলেকট্রিক লাইটের আলোয় মাঝরাতেও সে নিখুঁত রিপোর্ট বানাতে পারে। আজও পর্যাপ্ত আর্টিফিশিয়াল লাইটের ব্যবস্থা করা হয়েছিল কারণ ভোরের আলো ঠিকমতো ফোটেনি, তার ওপর ঘন কুয়াশা সানলাইটকে আটকে দিচ্ছিল।
স্পট ছাড়ার আগে মতিলাল বললেন, তিলজলা থানাকে বলো পুরো এরিয়াটা কর্ডন অফ করে দিতে। প্রেস ইস নট অ্যালাউড।
বলার পর বিক্রমের দিকে তাকিয়ে নিজের স্পেশাল খুকখুক করে হাসিটা দিলেন মতিলাল।

৩. চন্দ্রবংশ রহস্য

রাঘব আর শেখর মতিলালের চেম্বারের বাইরেই ওয়েট করছিল।
কাম ইন বয়েজ, মতিলাল ওদের ভেতরে ডাকলেন।
চেম্বারে ঢোকার মুখেই ফোনটা বেজে উঠল।
স্ক্রিনে ভেসে উঠল পিজির নাম।
বিক্রম বলেই রেখেছিল, পিজির কাছে বেশ কিছু ইন্টেরেস্টিং তথ্য আছে। বিক্রমের এই জিনিয়াস হ্যাকার বন্ধুটি এখন বিদেশে। ডেনমার্কে একটি আর্টিফিসিয়াল ইন্টেলিজেন্সের ডেটা সেন্টার হচ্ছে, পিজিরই তত্ত্বাবধানে। বিশ্বের সবথেকে বড়, পরিবেশ বান্ধব ডেটা সেন্টার যা কিনা এই প্রথম।
পিজি নিখাদ জেন্টলম্যান, কিন্তু মতিলালের পেছনে লাগতে ছাড়ে না, যখনই কথা হবে, মতিলালকে বিয়ে করার জন্য ও কনভিন্স করার চেষ্টা করবে। পিজির মতে, আর দেরি করলে বড্ড লেট হয়ে যাবে।
মতিলাল বরাবরই পাল্টা প্রশ্ন করেন, ভায়া, এই টু লেট বলতে তুমি ঠিক কী বোঝাতে চাইছ?
পিজি জেন্টলম্যান মানুষ, তাই কখনওই কোনও খারাপ কথা মুখে আনে না, আরে মতিবাবু, আপনি বুঝছেন না কেন, বিবাহিত সম্পর্কের সঙ্গে ফিজিক্সের একটা সম্পর্ক আছে। আমি পরে দেখা হলে বুঝিয়ে বলব। যত বয়স বাড়বে, ততই আপনার একটি অঙ্গ নুডলের মত হয়ে যাবে।
মতিলাল খুকখুক করে হেসে বলেন, সেদ্ধ করে নিলে শক্ত হবে না?
ওদের দুজনের মধ্যে এই খুনসুটি চলতেই থাকে, যদিও আজকের ব্যাপারটা

বেশ সিরিয়াস। তাছাড়া অনেক দূর থেকে ফোন করছে পিজি।
পিজি বলল, বিক্রমের সঙ্গে আমার কথা হয়েছে মতিবাবু। কিছু আইডিয়া পেলেন? পরপর দুটো মাসে একই বাড়ির দুই বোন মার্ডার হয়ে গেল। ভেরি ইন্ট্রেস্টিং। কলকাতায় থাকতে পারলে খুব খুশি হতাম।
মতিলাল বিক্রমের দিকে তাকালেন, ফলে বিক্রমও এই কথোপকথনে যোগ দিল ওর ফোন থেকে।
এরই মধ্যে মতিলাল হাত তুলে রাঘব আর শেখরকে বসতে ইশারা করলেন। মতিলাল বললেন, মার্ডারের পর ফ্যামিলি নিয়ে কিছু ইনফরমেশন জোগাড় করেছি। বুঝলে ভায়া, হিস্ট্রিটা কিন্তু বেশ চমকপ্রদ।
পিজি কিছুক্ষণ থেমে বলল, খুন হয়ে যাওয়া মেয়েটির মা একটি স্কুলের হেডমিস্ট্রেস, তাই তো?
এবার বিক্রম বলল, হ্যাঁ, নাম চন্দ্রলেখা। আজ ভোরে যার মৃতদেহ পাওয়া গেছে, সেটি তাঁর ছোট মেয়ে। মেয়েটির নাম চন্দ্রিমা। আর মাসখানেক আগে যে মেয়েটি মারা গিয়েছিল, সে ছিল এই মেয়েটিরই বড় বোন, তার নাম, চন্দ্রজা। ইন্টারেস্টিংলি, ওদের বাবার নাম ছিল চন্দ্রশেখর। তুই একটা জিনিস খেয়াল করেছিস, পুরো পরিবারটাই চাঁদের সঙ্গে কানেক্টেড। আশা করি ওরা লুনাটিক ছিল না।
ফোনের উল্টোদিকে পিজির চাপা হাসির শব্দ পাওয়া গেল।
মতিলাল খুকখুক করে হেসে বললেন, হয়তো ছিল। বলা মুস্কিল। চেক করতে হবে।
- তবে মেয়েগুলির বাবা ছিলেন কলেজের প্রফেসর, দশ বছর আগে মারা গেছেন। ফ্যামিলিটা আপাতদৃষ্টিতে খুব একাডেমিক, কিন্তু,,,
- কিন্তু কী মতিবাবু? পিজি জিজ্ঞেস করল।
মতিলাল বললেন, পুরো ডিটেইলস এখনও হাতে আসেনি। বড় মেয়ে মারা যাওয়ার পর মা কেন নিজে থেকে পুলিশের সাথে কন্টাক্ট করলেন না, বা থানায় এলেন না, সেটা আমার কাছে তখন বেশ উইয়ার্ড লেগেছিল। আমরা আজ বিকেলে ওঁর বাড়ি যাচ্ছি। উনি দেখা করতে রাজি হয়েছেন। দুটি মেয়ের ঘরই এখন আপাতত সিল করে রাখা হয়েছে।
পিজি নিচু গলায় বললেন, ওকে মতিবাবু, বিক্রম আমাকে ওদের ফোন নম্বরগুলো সবই পাঠিয়েছে। আমি দেখে নিচ্ছি, কোনও ইন্ট্রেস্টিং তথ্য পেলেই আপনাদের জানাব।
ফোনটা রাখার পর মতিলাল রাঘব আর শেখরের দিকে তাকালেন।
জিজ্ঞেস করলেন, তোমাদের এক্সট্রা কাউকে লাগবে?
শেখর মাথা নাড়ল, না স্যার। আমরাই এটা ক্র্যাক করব।
শেখর আর রাঘব একসঙ্গে বিক্রমের দিকে তাকিয়ে হাসল, শেখর বলল, বিক্রম স্যার আছেন, আপনি আছেন, আপনারা শুধু আমাদের একটু লিড করবেন। শুধু বলে দেবেন কী করতে হবে।

রাঘব বলল, এই অপারেশনের একটা যুৎসই নাম দেবেন না স্যার?
মতিলাল বিক্রমের দিকে তাকালেন, ভায়া, একটা নাম ভাবো।
বিক্রম বলল, অপারেশন চন্দ্রবংশ হলে কেমন হয়?
তিনজনেরই মাথা নড়ে উঠল। মুখে হাসি।
মতিলাল বললেন, ভেরি গুড। একই বাড়ির দুটি বোনকে ঠিক এক মাসের ব্যবধানে খুন করা হয়েছে, একই কায়দায়। ফ্যামিলি মার্ডার। ফলে এটাই ঠিকঠাক নাম।
একমাস আগে খুন হওয়া বড় বোন চন্দ্রজার ফাইলটা এগিয়ে দিল রাঘব। সেবারেও কামেশ্বরের তৈরি সুরতহাল রিপোর্ট পোস্টমর্টেমের সাথে হুবহু মিলে গিয়েছিল।
চন্দ্রজা ছিল দিদি। তাকে ঘুমের আগে সিডেটিভ দেওয়া হয়েছিল।
ও যখন গভীর ঘুমে আচ্ছন্ন, তখন তার মধ্যেই তাকে শ্বাসরোধ করে মারা হয়।
সেবারেও কোনও ফিজিক্যাল ভায়োলেন্সের কোনও চিহ্ন পাওয়া যায়নি।
খুনীরা প্রফেশনাল। মেয়েটির শরীরের প্রতি ইন্টারেস্টেড ছিল না। স্রেফ প্রফেশনাল খুনিদের মতো কাজ সেরেছে। লাশ ফেলার ধরণ আর সেই একই পাটের বস্তা, সবটাই একটা প্যাটার্ন ফলো করছে।
মতিলাল বললেন, বাড়িটাতে চব্বিশ ঘণ্টার নজরদারি চাই। এখন থেকেই শুরু করে দাও। কে আসছে, কে যাচ্ছে, সব ইনফরমেশন আমার দরকার।
চন্দ্রলেখার ওই বাড়িতে আর কে কে আছে, রাঘব?
রাঘব জানাল, চন্দ্রলেখা ছাড়া বাড়িতে দুজন পুরনো লোক আছে, তারক আর ভজনলাল সিং। কিন্তু স্যার, আরও একজন আছে যার কথা আমরা আগের মার্ডারের সময় তেমন গুরুত্ব দিয়ে ভাবিনি।
- কে সে? মতিলাল ভুরু কুঁচকালেন।
শেখর বলল, বিপ্লব। চন্দ্রলেখার স্বামী মারা যাওয়ার আগে থেকেই লোকটা ওই বাড়িতে থাকছে। প্রায় দশ-বারো বছর হয়ে গেল।
বিক্রম জিজ্ঞেস করল, চন্দ্রলেখার কোনও রিলেটিভ?
- না স্যার, রাঘব যোগ করল। সে ওই স্কুলেরই ফিজিক্যাল এডুকেশন টিচার যেখানে চন্দ্রলেখা হেডমিস্ট্রেস। বছর বত্রিশ বয়স। আমরা আগে ওকে সন্দেহ করেছিলাম, কিন্তু পরে চন্দ্রজার কলেজের বন্ধুদের সাথে কথা বলে অন্য একটা অদ্ভুত জিনিস জানতে পারি।
- কী? বিক্রম আর মতিলাল, দুজনেই এবার সোজা হয়ে বসল।
রাঘব বলল, চন্দ্রজা মারা যাওয়ার ঠিক আগে ওকে একজন অল্পবয়সী সন্ন্যাসী আর একজন মাঝবয়সী মহিলা, সন্ন্যাসিনীর সঙ্গে কথা বলতে দেখা গিয়েছিল। তিন দিন পর ওদের একটা রেস্টুরেন্টেও দেখা যায়। মতিলাল অবাক হলেন, তবে কাউন্টার লজিক পেশ করলেন, হয়তো ডোনেশন চাইছিল?
এবার শেখর বলল, না স্যার। দ্বিতীয় মিটিংয়ের পর চন্দ্রজার বন্ধুরা বলেছিল ওকে খুব উত্তেজিত আর রাগী দেখাচ্ছিল। যেটা ওর ন্যাচারাল ক্যারেক্টার নয়।

শেষবার ওদের একসাথে বাসে করে কোথাও যেতেও দেখা গেছে।
মতিলাল উঠে দাঁড়িয়ে জানলার কাছে গেলেন। বাইরে একটা পুরনো চার্চ দেখা যায়। আর কলকাতার রাস্তায় মানুষের ভিড় থাকবে না এ তো হয় না। আর শীতকালে সকালে বা দুপুরে মানুষ বেশি রাস্তায় বেরয়।
বিক্রম বলল, তোমরা তো প্রথম মার্ডারের পর ওদের বাড়িতে গেছিলে। তখন কি বোন চন্দ্রিমার সঙ্গে এ নিয়ে কথা হয়েছিল?
রাঘব বলল, চন্দ্রজার মা চন্দ্রলেখা কথা বলতে দেননি। আর মায়ের সামনে চন্দ্রিমাও মুখ খোলেনি।
মতিলাল জানলার ধার থেকে ফিরে এসে চেয়ারে বসলেন। বললেন, ওই বিপ্লব নামক লোকটিকে একটু ফোকাস করতে হবে।
শেখর বলল, বিপ্লব সম্পূর্ণ আউটসাইডার স্যার। স্কুলের সেক্রেটারি ওর রিলেটিভ। সেই সুপারিশে চাকরি পেয়েছিল। নাম কা ওয়াস্তে ফিজিক্যার এডুকেশনের টিচার করা হলেও আসলে ও ছিল বেয়ারার মত। খুব একটা শিক্ষিত না হলেও লোকটা বেশ হ্যান্ডসাম। বাইশ বছর বয়সে সে ওই বাড়িতে থাকতে আসে। মানে চন্দ্রলেখাই তাকে ভাই হিসেবে পরিচয় দিয়ে নিয়ে আসে। যুক্তিটা ছিল, তাঁর স্বামী চন্দ্রশেখর যেহেতু অসুস্থ, ফলে ছোট ছোট মেয়েদুটিকে দেখাশোনা করা, পড়ানো বা বাড়ির তদারকি করার জন্য একটি শক্তসমর্থ পুরুষ মানুষের প্রয়োজন।
মতিলাল দীর্ঘশ্বাস ফেলে বললেন, শক্তসমর্থ পুরুষ মানুষের প্রয়োজন হয় অনেক কারণেই, ভায়া।
এই কথায় শেখর ও রাঘব মুখ চাওয়াচাওয়ি করে হাসল তো বটেই, যে বিক্রম খুব রেয়ারলি হাসে, তার মুখেও এক চিলতে হাসি ভেসে উঠেও মিলিয়ে গেল।
শেখর বলল, খুব একটা খারাপ বলেননি স্যার। চন্দ্রলেখার স্বামীর সাথে বয়সের গ্যাপ ছিল ২৫ বছর। মেয়ে দুটো জন্মানোর পর থেকেই স্বামী-স্ত্রীর মধ্যে কোনও ফিজিক্যাল কন্টাক্ট ছিল না বলেই আমরা জানতে পেরেছি। কারণ চন্দ্রশেখর অসুস্থই থাকত বেশিরভাগ সময়।
- তার মানে বিপ্লবই ছিল চন্দ্রলেখার সব কাজের কাজি? ওর ডোমেস্টিক হেল্প? মতিলাল ইনোসেন্টলি জিজ্ঞেস করলেন।
শেখর হাসল, শুধু তাই নয় স্যার। বিপ্লব মেয়ে দুটোকে পড়াতো। পরে চন্দ্রলেখা ওকে বাজার হাট করতে পাঠাত। সেই সময় এমনই জেনেছিলাম আমরা।
মতিলাল মাথা নাড়লেন। তিনি বিক্রমের দিকে একবার তাকালেন। তারপর বললেন, প্রথম খুনের সময় কেসটাকে তোমরা সিরিয়াসলি নাওনি ভায়া। ভেবেছিলে প্রেমের গল্প বা ছোটখাটো কোনও ঘটনা। কিন্তু এখন দেখছো তো পুরো ম্যাপটা বদলে গেছে। চন্দ্রিমাকেও ওর দিদির মত একই ভাবে মরতে হয়েছে। ডাবল হোমিসাইড তো আছেই, তার ওপর আমাদের দেখতে হবে এই চন্দ্রবংশটির কতটা ভূমিকা রয়েছে এই ডাবল মার্ডারে।

মতিলাল ঘড়ি দেখে যোগ করলেন, ওকে, বিকেল সাড়ে চারটে নাগাদ আমরা ওদের বাড়ি যাব। আমি নিজে কথা বলতে চাই।
শেখর মনে করিয়ে দিল, স্যার, এখন শীতকাল। সাড়ে চারটে-পাঁচটা নাগাদ দিনের আলো কমে যাবে।
বিক্রম বলল, ঠিক একটু আগেই যাওয়া যাক।
মতিলাল মাথা নাড়লেন, ওকে, তাহলে সময়টা বদলে সাড়ে তিনটে করে দাও। চন্দ্রলেখাকে ফোন করে টাইমটা জানিয়ে দাও।
মতিলাল যখন বাড়ির দিকে রওনা হলেন, তখনও জানতেন না যে বিকেলে তাঁর জন্য কী সারপ্রাইজ অপেক্ষা করছে।

৪. ভট্টাচার্য প্যালেসের রহস্যময়ী

বিশাল অট্টালিকা।
বাইরে গাড়ি থেকে নেমে ওরা কয়েক মুহূর্তের জন্য অবাক হয়ে তাকিয়ে রইল।
গেটের গায়ে লাগানো নেমপ্লেট।
গর্বের সঙ্গে ঘোষণা করছে নামটি, ভট্টাচার্য প্যালেস।
নামকরণের মধ্যেই লুকিয়ে রয়েছে ঔদ্ধত্য, গর্ব ও হারিয়ে যাওয়া গরিমা।
এখনও বোঝা যায়, একসময় এর জৌলুস ছিল দেখার মতো, যদিও এখন সবটাই ইতিহাস।
বিশাল গেটটা হাট করে খোলা, যে কেউ ঢুকে আসতে পারে।
পোশাক পরা সিকিউরিটি গার্ড তো দূরস্থান, এমনকি কোনও বুড়ো পাহারাদারও চোখে পড়ল না।
মতিলাল গাড়ি থেকে নেমে কিছুক্ষণ চুপচাপ দাঁড়িয়ে রইলেন। সঙ্গে রাঘব, শেখর আর বিক্রম।
বিক্রমের চোখ দূর থেকে প্যালেসের প্রতিটি ইঞ্চিতে ঘুরছে। মনের চোখে ও যেন ঠিক সিনেমার মত দেখতে পাচ্ছে এই অট্টালিকার গৌরবদীপ্ত অধ্যায়গুলো।
রাঘব আর শেখর এই বাড়িতে আগেও দু-বার এসেছে।
তারা আসার পথে যে বর্ণনা দিয়েছিল, তার দেখা যাচ্ছে, বাস্তবের যথেষ্ট মিল আছে, যেন সময়ের চাকা উল্টো দিকে ঘুরে কোনও টাইম ক্যাপসুল-এ ঢুকে পড়েছেন তাঁরা।
বড় মেয়ের মৃত্যুর পর চন্দ্রলেখার চোখে জল দেখা যায়নি, কিন্তু আজ সকালে ছোট মেয়ের খবর পাওয়ার পর তিনি যেন কিছুটা ভেঙে পড়েছেন।
শেখর সকালে এসেছিল।
হাসতে হাসতে শেখর বলছিল, আজ অবশেষে ওঁর চোখে জল দেখা গেছে।
মতিলাল ভাবার চেষ্টা করলেন, কুড়ি আর আঠারো বছরের দুটি মেয়ে এই বাড়ি

থেকে বেরিয়ে কলেজে যেত, তারা আর কলেজে পড়তে যাবে না। সবটাই এখন কেমন হন্টিং আর নস্টালজিক। কে ওদের এভাবে প্ল্যান করে মারল এবং যেন কিছুটা ইচ্ছে করেই জ্যাক দ্যা রিপার বা জোডিয়াক কিলারের মত পুলিশকে চ্যালেঞ্জ ছুঁড়ে দিল?
শীতের সন্ধ্যা নেমে আসছে খুব দ্রুত।
সামনেটায় এক সময় ছিল বিরাট বাগান।
সেই সাজানো বাগান এখন অযত্নে জঙ্গল।
পায়ে চলার পথে জুতোর নিচে নুড়িপাথরের আওয়াজ ছাড়া চারপাশটা এত নিঝুম যে মনে হচ্ছে বাড়িটা দমবন্ধ করে কোনও রহস্য বলার জন্য অপেক্ষা করছে।
বিক্রম বলল, মতিবাবু, এত বড় প্রপার্টির দিকে প্রোমোটারদের চোখ পড়েনি এখনও?
মতিলাল একবার থেমে গিয়ে বললেন, ঠিক বলেছো ভায়া। বাড়ির সামনে গাড়ি থেকে নেমেই প্রশ্নটা আমার মনে চিড়িক করে খেলে গেছিল। এরা বাড়িটা প্রমোটারকে দিয়ে দিল না কেন? এত বড় বাড়ি মেনটেন করা তো অসম্ভব।
রাঘব সুযোগ পেয়ে জানাল, স্যার, এই পাড়াতে আমার কনট্যাক্ট বলছে, এই নিয়ে ফ্যামিলিতে একটা ঝামেলা ছিল। দুই মেয়ে বাড়িটা প্রমোটারকে দেওয়ার ঘোর বিরোধী ছিল। কিন্তু মা চন্দ্রলেখা আর ওঁর অ্যাসিস্ট্যান্ট বিপ্লব লোকাল প্রমোটার চান্দুর সঙ্গে নাকি কথাবার্তা এগিয়ে রেখেছিল।
মতিলাল সস্নেহে তাঁর অ্যাসিট্যান্ট রাঘবের কাঁধে হাত রাখলেন। বললেন, ভেরি গুড। দিস ইস কলড, ট্র্যাডিশনাল ইনভেস্টিগেশন। তারপর বিক্রমের দিকে ফিরে বললেন, ভায়া, আমি এখনও প্রাচীনপন্থী রয়ে গেলাম। এখনও আমি লেগওয়ার্কে বেশি বিশ্বাস করি।
বিক্রম বলল, আমিও মতিবাবু। গোটা কলকাতা জুড়ে আমার অনেকগুলো চোখ আর কান ছড়ানো রয়েছে। কিছু টাকা খসে বটে, কিন্তু কাজ দেয় বিস্তর। আরে বলতে ভুলে গেছি, আজ সকালে মাস্টারজি ফোন করেছিল।
মাস্টারজির নাম উঠতেই গুমোট ভাবটা কেটে গেল। সবার মুখে ফুটে উঠল হাসি। এর আগে করুণাপ্রসাদ খুনের তদন্তে ট্যাক্সি ইউনিভার্সের মাস্টারজির একটা মস্ত ভূমিকা ছিল।
মতিলাল খুকখুক করে হাসতে হাসতে বললেন, কী বললেন তিনি?
বিক্রম বলল, আপনার বিরুদ্ধে ওর অনেক অভিযোগ।
- কেন, কেন?
- আপনি ওকে কাজ দিচ্ছেন না। ও বেচারা শুধু ট্যাক্সি চালাতে চালাতে বোর হয়ে যাচ্ছে।
মতিলাল মাথা নাড়লেন, দেখি এই কেসটাতে ওকে কোনও দায়িত্ব দেওয়া যায় কি না। তারপর রাঘব তুমি যেটা বলছিলে, তোমার সোর্স কোনও প্রোমোটারের নাম করেছিল?

রাঘব বলল, হ্যাঁ, চান্দু।
বিক্রম হেসে উঠল, সেই গুণ্ডা এখন প্রোমোটার হয়ে গেছে?
মতিলাল বলেন, তাই তো হয় ভায়া। এই না হলে কলিযুগ? কী চমৎকার মেটামরফসিস বলো তো?
আগেকার অট্টালিকাগুলো যেমন হত, ঠিক তেমনই বাইরে বিরাট গাড়িবারান্দা। এবং সেখানে একটি পুরোন ভিনটেজ গাড়ি দাঁড়িয়ে রয়েছে।
তার সামনেই সিঁড়ির ওপর বসেছিল এক বৃদ্ধ।
ওদের দেখে উঠে দাঁড়াল। মাথা নামিয়ে বলল, আসুন স্যার। আসুন। মা আপনাদের জন্য অপেক্ষা করছেন।
কারুকাজ করা মেহগনি কাঠের সিংহ দরজাটি কালের চিহ্ন বইতে বইতে ক্লান্ত হয়ে পড়েছে। আর সেই ক্লান্তি আর বিষন্নতা এসে ভিড় করেছে এই বৃদ্ধটির গলায়।
বিক্রম আর মতিলাল মুখ চাওয়াচাওয়ি করলেন।
পা টেনে টেনে বৃদ্ধটি ওদের সামনে সামনে বাড়ির ভেতর ঢুকল।
ঢুকেই হলঘর ও ছড়ানো ছেটানো বেশ কয়েকটি সোফাসেট। সবই পুরনো দিনের মডেল। একটি সিঁড়ি উঠে গেছে দোতলার বারান্দায়। ঠিক যেমন পুরনো দিনের সিনেমায় দেখা যায়।
সিঁড়িতে সবুজ গালিচা পাতা। দু-এক জায়াগায় তা ফেটে গিয়ে ভেতরের মার্বেল দেখা যায়।
প্যালেসের ভেতরটা যেন আরও গম্ভীর। থমথমে।
তবে বাইরের মত এতটা খারাপ অবস্থা হয়নি ভেতরে।
বাইরের দেওয়ালে যেমন ফাটলগুলো শিরার মতো ছড়িয়ে আছে। খসে পড়ছে প্লাস্টার। শুধু হলের ঝাড়লণ্ঠনগুলো এখন আলোহীন, যেন ব্ল্যাক হোল।
বৃদ্ধটি পা টেনে টেনে কয়েকটি আলো জ্বেলে দিল। তাতে যেন অত বড় হলঘরের অন্ধকারই আরও বেড়ে গেল।
ঠিক তখনই সিঁড়ি দিয়ে নামতে দেখা গেল চন্দ্রলেখাকে।
পরনে ধবধবে সাদা স্যাটিনের শাড়ি।
বয়স চল্লিশের কোঠায় হলেও বিক্রম দেখল, তিনি তাঁর মেয়েদের থেকেও বেশি সুন্দরী এবং শারীরিকভাবে আকর্ষণীয়।
তিনি কাছে এসে হাত জোড় করে নমস্কার করলেন, বললেন, আপনারা আরাম করে বসুন।
রাঘব পরিচয় করিয়ে দিল, আমাদের চিফ ডিটেকটিভ মতিলাল মিস্ত্রী।
মতিলাল হাত জোড় করে বললেন, ম্যাডাম, এই সময়ে আপনাকে ডিসটার্ব করার জন্য দুঃখিত। আপনার মানসিক অবস্থা আমরা বুঝতে পারছি।
চন্দ্রলেখা উল্টো দিকের সোফায় বসে তাকালেন প্রথমে তাকালেন মতিলালের দিকে, তারপর তাঁর দৃষ্টি এসে স্থির হল বিক্রমের ওপর।
মতিলাল বললেন, আলাপ করিয়ে দিই, বিক্রম। ফরেনসিক সাইকোলিস্ট।

আমাদের ডিটেকটিভ ডিপার্টমেন্টে রয়েছেন।
চন্দ্রলেখার চোখ দেখে মনে হল, তিনি বিশ্বাস করলেন না।
মুখে অবশ্য বললেন, আই সি। গ্ল্যাড টু মিট ইউ।
বিক্রম হেসে মাথা ঝাঁকাল। ওর অস্বস্তি হল চন্দ্রলেখার চোখের দিকে তাকিয়ে। এই প্রথম একটি মহিলার চোখ দেখল ও, যা কিনা প্রথাগতভাবে সুন্দর, টানাটানা, বড়বড় আঁখিপল্লবে ঢাকা, কিন্তু তাতে কোনও প্রাণের চিহ্ন নেই। সবকিছু দেখলেও চন্দ্রলেখা যেন কিছুই দেখছেন না।
তিনি বৃদ্ধকে বললেন, ভজনলাল,, সব আলোগুলো জ্বালিয়ে দাও।
ভজনলাল পা টেনে টেনে গিয়ে সবকটি সুইচ টিপল। আলো জ্বলতেই চন্দ্রলেখার চেহারাটা আরও পরিষ্কার হল বটে, কিন্তু তাতে প্রাণ যোগ হল না।
বিক্রমের পর তিনি একবার মতিলালের দিকে তাকালেন। এক সেকেন্ডের জন্য তাঁর চোখে একটা কিলারস লুক খেলে গেল। যেন মতিলালের ভেতরের সুপ্ত আকাঙ্ক্ষাটা তিনি মেপে নিতে চাইছেন।
একইসঙ্গে ঠোঁটের কোণে খেলে গেল একটা বিদ্রূপের হাসি, যা কিনা খুবই ক্ষণস্থায়ী।
চন্দ্রলেখা নিচু স্বরে ভজনলালকে বললেন, বিপ্লব কোথায়? দেখছি না। ওকে এখনই আসতে বলো।
ভজনলাল যাওয়ার সঙ্গে সঙ্গেই একতলার একটা ঘর থেকে তড়িঘড়ি বেরিয়ে এল এক যুবক।
বছর বত্রিশের সুপুরুষ।
রাঘব ঠিকই বলেছিল, যুবকটি বেশ হ্যান্ডসাম।
সে কাছে এসে কাঁচুমাচু মুখে মতিলালকে নমস্কার করল ও বলল, আপনাকে আগে খবরের কাগজে দেখেছি স্যার। চোখের সামনে এই প্রথম দেখে খুব ভাল লাগছে।
চন্দ্রলেখা বিরক্তি গোপন করলেন না।
- কিছুটা ব্যঙ্গের সুরে বললেন, কোথায় ছিলে তুমি? আমি তো তোমাকে বাইরে থেকে চিফ ডিটেকটিভকে রিসিভ করতে বলেছিলাম।
চন্দ্রলেখার মুখে চিফ ডিটেকটিভ শব্দটা কেমন যেন চিপ ডিটেকটিভ-এর মতো শোনাল।
মতিলাল বুঝলেন, এটা তাঁর জাত নিয়ে একটা সূক্ষ্ম অবজ্ঞা। উচ্চবর্ণের অহংকার চন্দ্রলেখার গলায় স্পষ্ট।
একজন দলিত পুলিশের এত বড় পোস্টে আসার পর, সবথেকে বেশি সরব হয়েছিলেন খুন হয়ে যাওয়া, কলঙ্কিত সম্পাদক করুণাপ্রসাদ। সুতরাং, চন্দ্রলেখা বিষয়টি সম্পর্কে যে অবগত, তা কৌশলে জানাতে ভুললেন না।
চন্দ্রলেখা বিপ্লবকে পরিচয় করিয়ে দিলেন, আমার ভাই, বিপ্লব। এবার মতিলাল কাঁধ ঝাঁকালেন ও এমনভাবে বিক্রমের দিকে তাকিয়ে হাসলেন যে তাঁর সেই বাঁকা হাসিতেই স্পষ্ট হয়ে গেল যে তিনি এই ভাই-বোন সম্পর্কের থিওরিটা

মোটেও বিশ্বাস করছেন না।
শুরুতেই দু-তরফে যে অবিশ্বাসের বীজ বোনা হয়ে গেল, তাতে কথাবার্তা যে বিশেষ বন্ধুত্বপূর্ণ হবে না, তা বলাইবাহুল্য।
তবু কিছু প্রথাগত প্রশ্ন থেকে যায়।
- আপনার কাউকে সন্দেহ হয়? মতিলাল প্রশ্ন করলেন।
বিপ্লব কিছু বলতে যাচ্ছিল, কিন্তু চন্দ্রলেখার একটা কড়া চাউনিতে সে মাঝপথেই থেমে গেল।
চন্দ্রলেখা পাথুরে গলায় উত্তর দিলেন, না।
একটাই শব্দ, কিন্তু অনেকগুলো সংকেত দিয়ে দিল। প্রথমত, চন্দ্রলেখা পুলিশকে একদমই কোঅপারেট করবেন না। দ্বিতীয়ত, নিজের দুই মেয়ের রহস্যজনক মৃত্যুর পর একজন মা কীভাবে এতটা উদাসীন থাকতে পারেন, সেটা মতিলালকে ভাবিয়ে তুলল।
মতিলাল উঠে দাঁড়ালেন। জোর করে মুখে হাসি ফুটিয়ে বললেন, আপনার কোঅপারেশনের জন্য অনেক ধন্যবাদ মিসেস ভট্টাচার্য। চন্দ্রলেখা বসা অবস্থাতেই শীতল গলায় বললেন, গুডবাই চিফ। সোফা থেকে একবারের জন্য ও উঠলেন না।
বিক্রম তখনও আন্দাজ করেনি যে চন্দ্রলেখার সঙ্গে এটাই ওর শেষ দেখা হতে চলেছে।
রহস্যময়ী এই হেডমিস্ট্রেস, নিজেও অবশ্য জানতেন না তাঁর ভাগ্যে ঠিক কী অপেক্ষা করছে।
আর মতিলাল বা বিক্রমও তখন পর্যন্ত প্রস্তুত ছিল না আরও একটা খুনের খবরের জন্য।

৫. রক্তাক্ত শয্যা ও হাইব্রিড মার্ডার

খবরটা যখন এল, মতিলাল তখন সবে কফিতে তৃতীয় চুমুকটা মেরেছেন। আর বিক্রম সোফায় বসে পিজির সঙ্গে কথা বলতে ব্যস্ত।
সত্যি কথা বলতে কী, বিক্রমের মনের ভেতর তিলজলা লেনের সেই কুয়াশা তখনো কাটেনি, তার ওপর এই নতুন ধাক্কাটা যে এত তাড়াতাড়ি আসবে, সেটা ছিল স্বপ্নেরও বাইরে।
এবার আর বাইরের কোনও নির্জন পুকুর বা ঝোপঝাড় নয়, খোদ ভট্টাচার্য প্যালেস-এর অন্দরমহল।
শেখর যেভাবে উত্তেজিত ভাবে ঘরে ঢুকেছিল, তাতেই ওদের মনে হয়েছিল কোনও বড় খবর আছে।
হাঁফাতে হাঁফাতে শেখর বলল, স্যার, চন্দ্রলেখা,,, কথা শেষ না করে শেখর গলার কাছে হাত নিয়ে যে ইঙ্গিতটা করেছিল তার একটাই মানে হয়।

শহরে, মাত্র একদিনের ব্যবধানে, পড়ে গেল তৃতীয় লাশ।
দুই মেয়ের পর এবার মা - চন্দ্রলেখা।
খুনের জায়গা, চন্দ্রলেখা ভট্টাচার্যের নিজস্ব বেডরুম।
মতিলাল উঠতে উঠতে বললেন, চলো ভায়া। গতকাল ওই ডেথ প্যালেসে পা রেখেই মনে হয়েছিল, ফের কিছু একটা ঘটতে চলেছে। তবে এত তাড়াতাড়ি যে সেটা ঘটে যাবে, তা ভাবতেই পারিনি।
বিক্রম বলল, খুনীরা এবার নিজেদের মধ্যে বোঝাপড়া সেরে নিচ্ছে।
মতিলাল চোখ কুঁচকে বললেন, ঠিকই বলেছো ভায়া। তেমনই কিন্তু আমারও মনে হচ্ছে।
মতিলাল আর বিক্রম যখন স্পটে পৌঁছলেন, ঘরটা তখন পুলিশের দখলে। কিন্তু ঘরের ভেতরের দৃশ্যটা দেখে মতিলালের মতো অভিজ্ঞ অফিসারেরও কয়েক সেকেন্ড লাগল নিজেকে সামলাতে।
বিক্রম ঘরের মাঝখানে দাঁড়িয়ে চারপাশটা স্ক্যান করছিল। ওর চোখ সরু হয়ে গেছে। বিক্রম জানে একজন ফোরেনসিক সায়েন্টিস্ট বা প্যালোথজিস্ট-এর নিঁখুত পর্যবেক্ষণ এখন অনেক বেশি দরকার।
মতিলাল রাঘবকে জিজ্ঞেস করলেন, কামেশ্বরকে খবর দেওয়া হয়েছে?
রাঘব মাথা নাড়ল, হ্যাঁ স্যার। ও ফরেনসিক দলের সঙ্গেই আসছে।
লাশের দিক থেকে চোখ সরিয়ে নিয়ে বিক্রম নিচু গলায় মতিলালকে বলল, ভেরি ব্রুটাল।
চন্দ্রলেখার মৃতদেহ বিছানার ওপর চিৎ হয়ে পড়ে আছে। শরীরে এক টুকরো সুতোও নেই।
দুই মেয়ের লাশের প্রতি খুনিরা যে ন্যূনতম মর্যাদা দেখিয়েছিল, মায়ের ক্ষেত্রে দেখা যাচ্ছে তার লেশমাত্রও নেই।
মতিলাল বললেন, এটা স্রেফ মার্ডার নয়, এটা একটা স্টেটমেন্ট। এই কেউ একটা কাপড় এনে আপাতত লাশটা ঢাকার ব্যবস্থা করো।
বিক্রম লাশের খুব কাছে গিয়ে ঝুঁকে পড়ল। মতিবাবু, এটা একটা হাইব্রিড মার্ডার।
মতিলাল ভুরু কুঁচকোলেন, আমারও তো তাই মনে হচ্ছে ভায়া?
লক্ষ্য করুন, বিক্রম আঙুল দিয়ে দেখাল। শরীরের বিভিন্ন জায়গায় মাল্টিপল কনটিউশন (কালশিটে) আর ল্যাসারেশন (চেরা ক্ষত) রয়েছে। কবজিতে রয়েছে গভীর লিগেচার মার্কস (দড়ির দাগ), অর্থাৎ ওকে শক্ত করে বাঁধা হয়েছিল। বোঝাই যাচ্ছে, খুনিরা ওকে মারার আগে টর্চার করেছে। তবে এই টর্চারের ধরণটা খুব অ্যামেচার। মনে হচ্ছে পুরোনো কোনও রাগ বা কোনও তথ্য আদায়ের চেষ্টা। কিন্তু ফিনিশিং টাচটা দেখুন, গলার ক্যারোটিড আর্টারি এক কোপে কাটা। একদম প্রফেশনাল কাট। একজন আনাড়ি লোক টর্চার করেছে, আর একজন প্রোফেশনাল এসে কাজ শেষ করেছে।
মতিলাল বললেন, দেওয়াল জুড়ে রক্তের স্প্ল্যাটার প্যাটার্ন দেখেছো ভায়া।

বিছানার চাদর দলা পাকানো, দুটো বালিশ নিচে পড়ে আছে। বিক্রম বলল, একটা জিনিস স্পষ্ট যে চন্দ্রলেখা শেষ মুহূর্ত পর্যন্ত লড়াই করেছিলেন। তাঁর নখের নিচে চামড়া বা রক্ত পাওয়া যেতে পারে, যেটাকে আমরা ডিফেন্সিভ উন্ডস বলি। দেখা যাক, ফরেনসিক টিম আসুক।
একটা চাদর দিয়ে লাশ ঢেকে দেওয়ার পর মতিলাল চারপাশটা দেখে বললেন, ফোরেনসিক টিমকে বলো প্রতিটা ইঞ্চির ছবি তুলতে। খুনিরা পেছনের দরজা দিয়ে ঢুকেছিল সম্ভবত, কারণ ফোর্সড এন্ট্রি-র কোনও চিহ্ন নেই। তার মানে কিলারদের চন্দ্রলেখা চিনতেন, অথবা তারা আগে থেকেই ভেতরে ঘাপটি মেরে ছিল?
বিক্রম বলল, হ্যাঁ সেটার সম্ভাবনাই বেশি।
ঘরের এক কোণে বিপ্লব বসে ছিল। মাথা নিচু করে। মতিলাল আর বিক্রম ওর সামনে গিয়ে দাঁড়াতেই ও মাথা তুলল। চোখে জল।
বিক্রম ওর চোখের দিকে তাকিয়ে বলল, কি বিপ্লব, এটা কি শোকের জল, নাকি মুক্তির আনন্দ?
বিপ্লব মাথা নামিয়ে নিল।
মতিলাল ঠান্ডা গলায় জিজ্ঞেস করলেন, লাস্ট কখন দেখেছিলে ওনাকে?
বিপ্লব ঢোক গিলে বলল, কাল রাতে একসঙ্গে ডিনার করেছি স্যার। তারপর আমি নিজের রুমে চলে যাই। আমি, আমি ভাবতেও পারিনি।
মতিলাল হাসলেন। পুলিশের চাকরিতে এরকম অর্ধেক সত্যি কথা তিনি হাজার হাজার শুনেছেন।
মতিলাল বললেন, কিন্তু বিপ্লব, তোমার রুম তো চন্দ্রলেখা দেবীর ঠিক পাশেরটাই, তাই না?
বিপ্লব মাথা নিচু করে বলল, হ্যাঁ স্যার। দোতলার সবকটা বেডরুমই ভেতর থেকে ইন্টার-কানেক্টেড।
- আর মেয়েদের ঘর? বিক্রমের প্রশ্ন।
- ওগুলো উল্টো দিকে। কিন্তু ওগুলোও কানেক্টেড।
মতিলাল সোজা হয়ে দাঁড়ালেন। বললেন, ওকে বিপ্লব। আজ আর কিছু বলব না। তবে আমাদের পারমিশন ছাড়া কলকাতা ছাড়বে না। থাকার জায়গা আছে তো?
বিপ্লব স্কুলছাত্রের মতো মাথা নাড়ল, না স্যার। বাবা-মা কেউ নেই। এখানেই থাকি।
হুকুমের সুরে মতিলাল বললেন, ঠিক আছে। তারক আর ভজনলালকেও বলে দাও যেন কোথাও না যায়। কারও স্টেশন লিভ করা চলবে না। আন্ডারস্ট্যান্ড?
মতিলাল আর বিক্রম ঘর থেকে বেরিয়ে এল।
বাইরে শীতের বিকেলটা গুটিয়ে যাচ্ছে খুব দ্রুত।
বিক্রম বিড়বিড় করল, মতিবাবু, সেই সন্ন্যাসী আর সন্ন্যাসিনীর অ্যাঙ্গেলটা কিন্তু এবার সিরিয়াসলি দেখতে হবে। ভট্টাচার্য প্যালেসের ডার্ক হিস্ট্রি এবার কবরের

ভেতর থেকে বেরিয়ে আসছে।
মতিলাল মাথা নাড়লেন। খুকখুক করে হেসে বললেন, অপারেশন চন্দ্রবংশ এখন সবে শুরু হল ভায়া।

৬. লাশে চাবুকের দাগ

বাঁচার জন্য এই আমোদগেঁড়ে শহরের চাই নিত্যনতুন নখড়া। রোজ খুন-জখম-মারামারি হলে, আর সেই খুনটা যদি হয় চন্দ্রলেখার মত সুন্দরী গৃহবধূ, তাহলে তো সোনায় সোহাগা। তার ওপর চন্দ্রলেখার দুই মেয়ের মৃতদেহ পাওয়া গেছে ঠিক এক মাসের মধ্যে।
পাড়ার রকে রকে, চায়ের দোকানে এখন গসিপের ব্যান্ড বাজছে।
কলকাতার সব পাড়াতেই একটি দুটি ঘনাদা ঠিকই পাওয়া যাবে খুঁজলে। তাদের সব বিষয়ে থিওরি আছে। এই খুন নিয়েও চলছে কাটাছেঁড়া।
সবমিলিয়ে শহরটা এখন ফুটন্ত কড়াই।
চব্বিশ ঘণ্টার ব্যবধানে একই পরিবারের তিনজন শেষ—তাও আবার ভট্টাচার্য প্যালেসের মতো হাই-প্রোফাইল অন্দরমহলে।
খবরের কাগজগুলো নিজেদের মতো প্যারালাল ইনভেস্টিগেশন শুরু করে দিয়েছে।
শোনা যাচ্ছে, কলকাতার নামী এক সংবাদপত্র নাকি তলায় তলায় একটা প্রাইভেট ডিটেকটিভ এজেন্সি-কেও হায়ার করেছে।
কলকাতার ইতিহাসে বোধহয় এই প্রথম।
মতিলাল আর বিক্রম তাঁর সরকারি বাংলোর বারান্দায় বসে ছিলেন। সারাটা দিন অনেক ধকল গেছে।
শীতের সন্ধ্যায় বাইরের কুয়াশা ধীরে ধীরে ঘন হয়ে ঢেকে ফেলছে রাস্তার আলোগুলোকে।
বিক্রম মুচকি হেসে বলল, মতিবাবু, প্রেস তো আপনার রক্ত চাইছে। ওরা প্রচার করছে যে পুলিশ একদম অন্ধকারে।
মতিলাল খুকখুক করে হাসলেন, ওরা তো কোনওকালেই আমাকে পছন্দ করে না ভায়া। কারণ আমি ওদের ফটোগ্রাফারদের ক্রাইম সিনে ঢুকতে দিই না। তার ওপর আমাকে ওরা কালো চামড়ার দলিত অফিসার ভাবে, যার উচ্চবর্ণের কালচার সম্পর্কে কোনও আইডিয়াই নেই। তাছাড়া আমার মাথায় বুদ্ধির বদলে রয়েছে ইট, কাঠ, বালি ও সিমেন্ট। কিন্তু একটা ব্যাপারে আমি বেশ মজা পাচ্ছি।
- কী বলুনতো?
- আরে সব কাগজে তোমাকে নিয়ে যে আলাদা খবর করেছে, সেটা দেখোনি?

আমার সঙ্গে তোমার ছবি দিয়ে লেখা হয়েছে, চিফ ডিটেকটিভের পাশে এই মিস্ট্রি ম্যানটি কে? তাহলে কি কেন্দ্রীয় এজেন্সিও যুক্ত হয়েছে?
বিক্রম মাথার পেছনে দুটো হাত রেখে ডেক-চেয়ারে হেলান দিয়ে বলল, আমার একটা মস্ত বড় সুবিধে কী বলুন তো?
- কী ভায়া?
- আমি খবরের কাগজ পড়িনা। কোনও সোস্যাল মিডিয়ায় আমার অ্যাকাউন্ট নেই। আমার কাজের সঙ্গে যা যা জড়িত, তার বাইরে অন্য কোনও ব্যাপার আমার জগতে এগজিস্টই করে না।
মতিলাল বললেন, এটা খুব ভাল। তা তোমার শাগরেদটির খবর কী?
বিক্রম হাসল, আমার তো দুটি শাগরেদ, কোনটির খবর চাইছেন?
- দুটিরই। মতিলাল খুকখুক করে হাসলেন।
বিক্রম সোজা হয়ে বসে বলল, কাজিন শমী তো আমেদাবাদে ম্যানেজমেন্ট পড়ছে আর রোজ রাতে ফোন করে এখানকার আপডেট চাইছে। পারলে ওখান থেকেই একটা প্যারালাল ইনভেস্টিগেশন চালাতে চায় আর কী। আর বিষ্ণু থাপা এখন এখানেই আছে। রোজ সকালে ক্যারাটে, কুংফু, কিক-বক্সিংয়ের প্র্যাকটিসে ওই এখন আমার সঙ্গী। তাছাড়া আমার দুটি পোষ্য ডোবারম্যান আবার বিষ্ণুকে ছাড়া থাকতে চায় না। এই কেসটা না মেটা পর্যন্ত বিষ্ণুকে কলকাতাতেই থাকতে বলেছি।
মতিলাল চোখ কুঁচকে বললেন, এই গোর্খা ছেলেটি কিন্তু ভারি ইন্টেরেস্টিং। তোমার কাজিম শমী, বন্ধু পিজি আর আমি ছাড়া তোমার এত বড় ভক্ত বোধহয় আর কেউ নেই ভূভারতে।
বিক্রম বলল, আমি কম্যান্ডো ট্রেনিং সেন্টারে থাকার সময়েও ও ছিল আমার এক নম্বর চ্যালা। যাকে আপনারা বলেন, ছায়াসঙ্গী। ছাড়ার পর, একদিন দেখি ফোন করেছে, বলল, স্যার আপনার ডিটেকটিভ এজেন্সিতে জয়েন করতে চাই। বললাম, বেশ তো, চলে এসো। আমাদের দুজনের একটাই মিল - তিনকূলে কেউ নেই। অনেক বলার পর এখন স্যার বলাটা বন্ধ করেছি। আমাকে বলে - ভাইয়া।
মতিলাল খুখখুকিয়ে হাসলেন, আমি বলি ভায়া, বিষ্ণু বলে ভাইয়া। তুমি হলে গিয়ে আসল নাইয়া। নৌকার হাল তোমার হাতে। এবার যা পড়বে আমাদের পাতে, চেটেপুটে খেয়ে নেব একসাথে।

বিক্রম মুচকি হেসে সোজা হয়ে বসল। বলল, এখন বলুন, আপনার ইন্টেলিজেন্ট গেস কী বলছে? এই বিশাল প্রপার্টিই কি মোটিভ? এই ফ্যামিলির সবাই তো শেষ। তাহলে এতবড় প্রপার্টি ইনহেরিট করবে কে?
দ্যাখো ভায়া, প্রপার্টি একটা মোটিভ হতেই পারে। আবার নাও হতে পারে, মতিলাল অন্যমনস্কভাবে বললেন। কাল সকালে ওদের ফ্যামিলি ল ইয়ারের সাথে আপয়েন্টমেন্ট আছে। দেখা যাক সেখান থেকে কী বেরোয়। তবে ...,

মতিলাল মাথা নাড়লেন, ব্যাপারটা অত সহজ নয় মনে হচ্ছে।
বিক্রম উঠতে উঠতে বলল, ঠিক। ব্যাপারটা অত সহজ নয়। ওই সন্ন্যাসীটির একটা ভূমিকা থেকে থাকতেও পারে। বড় মেয়ে চন্দ্রজার সঙ্গে ওরা কী কথা বলেছিল? বিপ্লবকে দেখে যতটা মিনমিনে মনে হচ্ছে, সেটা ও নাও হতে পারে।
মতিলাল মাথা নাড়লেন, গ্রেট মেন থিঙ্ক অ্যালাইক। একই ভাবনা আমারও মাথায় ঘুরছে। তা, তুমি কি উঠলে নাকি?
বিক্রম আড়মোড়া ভেঙে বলল, আজকের মত। পোস্ট মর্টেম রিপোর্ট কি আজ রাতে পাওয়ার সম্ভাবনা আছে?
- পেলে তোমাকে ফোন করছি।
- ভেরি গুড। কাল দেখা হচ্ছে।
কিছুক্ষণ পর বিক্রমের বুলেটের আওয়াজ পাওয়া গেল। ধীরে ধীরে গম্ভীর আওয়াজটা মিলিয়ে গেল ঘন কুয়াশার ভেতর।
বিক্রম চলে যাওয়ার পর বাবুর্চি একরাম এসে দাঁড়াল, খানা লাগাব সাব?
মুখ তুলে অন্যমনস্কভাবে তাকালেন মতিলাল, তিনি ডুবে গেছিলেন অপারেশন চন্দ্রবংশের ভেতর। ভাবছিলেন, ভট্টাচার্য ফ্যামিলির ইতিহাসটা জানতে হবে সবার আগে। হয়ত ওর ভেতরেই লুকিয়ে রয়েছে সব রহস্যের সমাধান।
হঠাৎ তাঁর মনে হল, একরাম কিছু বলেছে। বললেন, রাতে কী বানালে মিঞা?
একরাম বলল, হালকা রেখেছি সাব। লাচ্চা পরোটা, শিক কাবাব, পনির মশালা, মাটন টিক্কা আর সুজির বরফি।
মতিলাল আড়মোড়া ভেঙে উঠলেন, নাঃ, শুনেই খিদেটা চনমন করে উঠল। তারপর দীর্ঘশ্বাস ফেলে বললেন, বিক্রম ভায়া তো এসব খায় না। নইলে এখান থেকেই ডিনারটা সেরে যেতে পারত। কীসব শাকপাতা, ফলমূল, সুপ খেয়ে থাকে। ছ্যা, ছ্যা। চলো একরাম, খানা লাগাও।
ডিনারের পর মতিলাল তাঁর প্রিয় ম্যাথমেটিক্স বইটি নিয়ে বসলেন। সুদেব মিত্রের এডিট করা—Quasiconformal Mappings, Riemann Surfaces, and Teichmuller Spaces।
নিজে ম্যাথমেটিক্সে গোল্ড মেডেল পেয়েছেন বলে নয়, বরাবরই গণিত আর লজিকের ভেতরেই তিনি জীবনের সব জটিলতার সমাধান খোঁজেন।
ঠিক তখনই ফোনটা বেজে উঠল। ওপাশে রাঘব।
বলল, স্যার, চন্দ্রলেখার পোস্টমর্টেম সবে শেষ হয়েছে। ডঃ সেন ফোন করেছিলেন।
মতিলাল বললেন, বলো, কী বললেন ডঃ সেন।
ফোনের ওপার থেকে রাঘবের গলাটা কিছুটা কাঁপা শোনাল, স্যার, একটা খবর আছে। ডক্টর সেন যা বললেন, তা শুনে আমি নিজেও শকড।
মতিলাল বইটা বন্ধ করলেন, বলো রাঘব।
- চন্দ্রলেখা দেবী পাঁচ মাসের প্রেগন্যান্ট ছিলেন স্যার।

মতিলাল চমকালেন না। বরং তাঁর মনে পড়ে গেল সেই ভট্টাচার্য প্যালেসে দেখা সেই সুন্দরী, শীতল হেডমিস্ট্রেসকে। অনুভূতির তীক্ষ্নতা মিথ্যা কথা বলে না। তিনি আগেই কিছু একটা আঁচ করেছিলেন।

রাঘব থামল না।

পরে যা বলল তা আরও মারাত্মক। বলল, স্যার, আরও একটা ব্যাপার আছে। ওঁর শরীরে, বিশেষ করে কোমর, পেট আর পিঠের ওপরের দিকে অনেকগুলো পুরনো আর অদ্ভুত দাগ পাওয়া গেছে। ডক্টর বললেন, দাগগুলো দেখে মনে হচ্ছে ওনাকে নিয়মিত চাবুক মারা হত। হুইপিং মার্কস।

মতিলাল কিছুক্ষণ চুপ করে থাকলেন। তারপর নিচু কিন্তু দৃঢ় গলায় বললেন, আই সি। শি ওয়াজ এ স্যাডোম্যাসোকিস্ট (Sadomasochist)। বিপ্লবকে ভাল করে গ্রিল করতে হবে রাঘব, বুঝলে? ওই ছেলেটা অনেক কিছু জানে। ভট্টচার্য বাড়ির আশেপাশে লোক লেগে গেছে তো?

রাঘব বলল, একদম স্যার। আমি আর শেখরও মাঝেমাঝে যাচ্ছি। তবে পোস্ট মর্টেম রিপোর্টটা সব হিসেব উলটে পালটে দিচ্ছে।

কথাটা বলে রাঘব ওপাশে চুপ করে রইল। একজন অভিজ্ঞ ডিটেকটিভের কাছেও ক্রাইমের হিউম্যান সাইকোলজির এইসব ডার্ক দিকগুলো হজম করা কঠিন হয়ে পড়ে।

মতিলাল বললেন, খেলা জমে উঠেছে ভায়া। বিক্রম ঠিকই বলেছিল, কবরের ভেতর থেকে পুরনো ইতিহাস বেরিয়ে আসবে। ঠিক আছে, কাল সকালে অফিসে দেখা হচ্ছে।

- ইয়েস স্যার, রাঘব ফোনটা রাখল।

মতিলাল জানলার দিকে তাকালেন। বাইরের অন্ধকারের সঙ্গে ঘন কুয়াশা যোগ হয়ে আর কিছু দেখা যাচ্ছে না।

পাঁচ মাসের সন্তান সম্ভবা এক মা, যে স্বেচ্ছায় নিয়মিত চাবুক খেত, কারণ সে যন্ত্রনা পেতে চাইত—তার রহস্যময় জীবনের পরিণতিটা এমন নৃশংস কেন হল? তার দুই মেয়ে, দুটি ফুটফুটে তরুণীকেই বা মারা হল কেন?

চন্দ্রলেখার সেই তথাকথিত ভাই বিপ্লব কি স্রেফ একজন সাবমিসিভ ক্রীতদাস, নাকি সে এই ডার্ক গেমের মেইন প্লেয়ার?

আর সেই রহস্যময় সন্ন্যাসী? বড় মেয়ে চন্দ্রজার সঙ্গে সেই সন্ন্যাসী ও এক প্রৌঢ়া দেখা করার পর থেকেই তো যত গণ্ডগোলের সূত্রপাত?

৭. কাছাকাছি সোনাগাছি

মতিলাল আর বিক্রম চেম্বারে বসে পোস্টমর্টেম রিপোর্ট দুটো খুঁটিয়ে দেখছিলেন। দুই মেয়ের রিপোর্ট হাতে থাকলেও মা চন্দ্রলেখার পূর্ণাঙ্গ রিপোর্ট

বিকেলে আসবে।
সামনে দাঁড়িয়েছিল শেখর আর রাঘব।
একটু অন্যমনস্কভাবে মতিলাল বললেন, বোসো তোমরা। নতুন কী তথ্য পেলে?
শেখর জানাল, স্যার, চন্দ্রলেখা যেদিন মার্ডার হলেন, সেই রাতে বিপ্লব একটা লোকাল মেডিক্যাল স্টোর-এ গিয়েছিল। আমাদের নজরদারি চলছিল, তাই কনস্টেবলরা ওকে ফলো করে।
বিক্রম মাথা তুলল, শুধু দোকানে? অন্য কোথাও গিয়েছিল?
রাঘব বলল, না। দোকানেই গিয়েছিল। সেখান থেকে সোজাসুজি প্যালেসে ফিরে আসে। কিন্তু কিছুক্ষণ পর আবার বেরিয়ে যায়।
মতিলাল কিছু একটা ভাবছিলেন, সেই ভাবেই জিজ্ঞেস করলেন, কী ওষুধ কিনতে গিয়েছিল ও?
শেখর একটু ইতস্তত করে বলল, ওষুধ নয় স্যার। এক প্যাকেট কনডম কিনেছিল ও।
মতিলাল খুকখুক করে হাসলেন। কামেশ্বরের দিকে ফিরে বললেন, কামেশ্বর, তুমি তো বিবাহিত মানুষ। তিনটে বাচ্চা তোমার। একটা কথা বলো দেখি—কোনও মহিলা যদি পাঁচ মাসের প্রেগন্যান্ট হয়, তবে কি আর কোনও প্রোটেকশন-এর দরকার পড়ে?
লাজুক কামেশ্বর মাথা নিচু করে জানাল, না স্যার।
বিক্রমের চোখ সরু হয়ে এল। বলল, তার মানে ওটা চন্দ্রলেখার জন্য ছিল না। অন্য কেউ আছে। বিপ্লবকে তোলা দরকার মতিবাবু।
শেখর জানাল, পুরনো চাকর তারকও চার মাস ধরে নিরুদ্দেশ। সে অসুস্থ হয়ে বর্ডারের কাছে নিজের গ্রামে পড়ে আছে। অর্থাৎ সেই বিশাল প্যালেসে এখন রয়েছে শুধু বিপ্লব আর ভজনলাল।
মতিলাল কড়া গলায় অর্ডার দিল, বিপ্লবকে তড়িঘড়ি তুলে আনো। আর প্যালেস সার্চ করার জন্য সার্চ ওয়ারেন্ট রেডি করো। আই ওয়ান্ট এভরিথিং ডান ইন ওয়ার ফুটিং।

এক ঘণ্টা পর যখন বিপ্লবকে চেম্বারে আনা হল, দেখা গেল, আগে থাকতেই তার চোখমুখ কাঁচুমাচু হয়ে গেছে।
ঘরে ঢুকে সবার দিকে তাকিয়ে পর্যায়ক্রমে একবার মাথা ঝুঁকিয়ে নমস্কার পর্ব সেরে সে এমনভাবে দাঁড়িয়ে রইল যে মনে হতে পারে ও ফাইনাল কনফেশনের জন্য তৈরি।
বিক্রম ওর চোখের দিকে তাকিয়ে বলল, বোসো বিপ্লব। অনেক কথা আছে। তারপর মতিলালের দিকে তাকিয়ে বলল, মতিবাবু আপনি স্টার্ট করুন।
মতিলাল শুরু করলেন, বাবা বিপ্লব, কাল রাতে কোথায় ছিলে? তুমি তো ভাই বাড়িতে ছিলে না।

বোঝাই গেল, বিক্রম ইয়ার্কির মুডে রয়েছে, বলল, একবার ওকে বাবা বলছেন, পরক্ষণেই আবার ভাই। কোনটা ঠিক মতিবাবু?
মতিলাল খুকখুক করে হাসলেন, বাবাটা বলার পর মনে পড়ে গেল, ও তো চন্দ্রলেখার ভাই।
খোঁচাটা হজম করে বিপ্লব মতিলাল আর বিক্রমের দিকে তাকিয়ে একটা দীর্ঘশ্বাস ফেলল।
বিক্রম ঠান্ডা গলায় বলল, আমরা জানি তুমি কোথায় ছিলে। শুধু তোমার মুখ থেকে কনফার্মেশনটা শুনতে চাই।
চোখে জল এসে গেল বিপ্লবের, স্যার, বিশ্বাস করুন আমি খুনের বিষয়ে কিছু জানি না।
মতিলাল হাসলেন, তোমাকে তো খুন নিয়ে কোনও প্রশ্ন করিনি বাছা। যে প্রশ্নটা করেছি, তার উত্তর দাও বিপ্লব।
বিপ্লব মাথা নিচু করে বলল, আমি একজনকে ভালোবাসি। আমরা বিয়ে করতে চাই। কাল রাতে আমি ওর কাছে গিয়েছিলাম। সোনাগাছিতে।
সোনাগাছির নাম শুনে শেখর ফোঁড়ন কাটল, প্রেমিকা কি সেক্স ওয়ার্কার?
বিপ্লব প্রতিবাদ করে উঠল, না স্যার! ওর মা আগে ওই লাইনে ছিলেন। মেয়েটি এখন ওখানে একটা এনজিও-তে কাজ করে। নাম রত্না। ওরা যৌনকর্মীদের সন্তানদের লেখাপড়া, হাতের কাজ শেখায়, এসব নিয়েই কাজ করে।
বিক্রম চোখের ইশারায় শেখরকে থামাল। কনডম রহস্য পরিষ্কার। রত্নার সঙ্গে বিপ্লবের ফিজিক্যাল রিলেশন আছে।
বিক্রম মতিলালের দিকে তাকিয়ে বলল, শেখর তাহলে কিছু মহিলা কনস্টেবল নিয়ে সোনাগাছি যাক। রত্নাকে পিক আপ করে নিয়ে আসুক। কী বলেন মতিবাবু?
মতিলাল বললেন, ঠিক, এদের দুজনকে একসঙ্গে বসিয়ে জেরা করার দরকার। তারপর শেখরের দিকে তাকালেন, তবে রত্নার সঙ্গে ভাল ব্যবহার করবে।
শেখর বেরিয়ে যাওয়ার পর বিক্রম আর মতিলাল চেপে ধরলেন বিপ্লবকে, তুমি গত তেরো বছর ধরে এই প্যালেসে আছো। সব জানো। শুরু থেকে সব বলো।

মতিলাল ইন্টারকমে অনুপমকে ডাকলেন। স্টেনোগ্রাফার টাইপরাইটার নিয়ে কোণে বসল। বিপ্লবের বয়ান রেকর্ড করা শুরু হল।
বিপ্লব বলতে শুরু করল, আমি বাইশ বছর বয়সে এখানে আসি। অভিনেতা হওয়ার শখ ছিল। কিন্তু বাবার মৃত্যুর পর ওই স্কুলে কাজ নিতে বাধ্য হই। স্কুলের সেক্রেটারি কানুলাল ভট্টাচার্য আর চন্দ্রলেখাদির বাবা ব্যারিস্টার জয়ন্তনারায়ণ ভট্টাচার্য ছিলেন হরিহর আত্মা।
বিক্রম বাধা দিয়ে বলল, কানুলাল লোকটা কেমন ছিল?
- খুব একটা সুবিধার নয় স্যার, বিপ্লব জানাল। ওর এক্সপোর্ট-ইম্পোর্ট বিজনেসের আড়ালে চলত গার্ল ট্রাফিকিং। বহুবার পুলিশ রেইড হয়েছে, কিন্তু

শহরের একনম্বর ডিফেন্স ল-ইয়ার, বিলেত ফেরত ব্যারিস্টার জয়ন্তনারায়ণের বুদ্ধিতে ও প্রতিবার ক্লিনচিট পেয়ে যেত। এই সম্পর্ক পোক্ত করতেই কানুলালের বড় ছেলে চন্দ্রশেখরের সঙ্গে চন্দ্রলেখার বিয়ে দেওয়া হয়। বয়সে ডিফারেন্স থাকলেও আসলে দুই পরিবারের মধ্যে এটা ছিল আসলে একটা বিজনেস ডিল।

মতিলাল মাথা নাড়লেন, বুঝলাম। টিপিক্যাল বিজনেস ম্যারেজ। তারপর?

কানুলাল আর জয়ন্ত দুজনেই মারা যান। চন্দ্রলেখা ম্যাডাম স্কুলের হেডমিস্ট্রেস হন। আমি তখন ওঁর বাড়িতে মেয়েদের পড়ানো আর ওভারঅল দেখাশোনার কাজ করতে আসি। শুরুর দিকে ব্যাপারটা অন্যরকম থাকলেও চন্দ্রলেখা পরে আমাকে দাস বানিয়ে রেখেছিলেন। ভয় দেখাতেন, ওর কথা শুনে না চললে চাকরি চলে যাবে। মা নেই, বাবা নেই—কোথায় যেতাম স্যার?

রাঘব এবার ডাইরেক্ট প্রশ্ন করল, চন্দ্রলেখার সাথে তোমার কোনও ফিজিক্যাল রিলেশন ছিল?

বিপ্লব দু-হাতে মুখ ঢাকল। কান্নায় ভেঙে পড়ে বলল, হ্যাঁ। কিন্তু সেটা ছিল ওঁর ইচ্ছে মাফিক। ওই যে বললাম, আমি কেবল হুকুম পালন করতাম। ইট ওয়াজ এ ওয়ান-ওয়ে ট্রাফিক।

বিক্রম আর মতিলাল একে অপরের দিকে তাকালেন। কেসটা যে কেবল সম্পত্তির লোভ নয়, বরং একটা ডার্ক সাইকোলজিক্যাল জালের ভেতরে আটকে আছে—তা এখন স্পষ্ট।

৮. রাত কাটানোর অ্যালিবাই

রত্নাকে নিয়ে ঘন্টাখানেকের মধ্যে পৌঁছে যাবে বললেও শেখরের সময় লেগে গেল প্রায় ঘন্টা দেড়েক।

এক তো কলকাতার ট্র্যাফিক, আর তার ওপর শীতকালে মানুষ একটু বেশি রাস্তায় থাকে। নানা ধরনের শোভাযাত্রা, মিছিলের হিড়িকটাও বাড়ে এই সময়। চন্দ্রলেখা এখন আর নেই ঠিকই, কিন্তু মেয়েদের মৃত্যুতে ওর চরম উদাসীনতার কারণটা কী ছিল?

বিক্রম বলছিল, উদাসীনতার পেছনে কয়েকটা কারণ থাকতে পারে, তার মধ্যে একটা - ও জানত গোটা ঘটনাটা।

মতিলাল মাথা নেড়ে বললেন, কিছু কিছু মানুষের মধ্যে এমপ্যাথি নামক বিষয়টি একটু কম থাকে, ভায়া। ভালবাসার শক্তি সবার সমান হয় না।

রাঘব কিছু একটা বলতে যাচ্ছিল, কিন্তু তার মধ্যেই ঠিক তখনই দরজা ঠেলে ঘরে ঢুকল শেখর। পেছনে এক তরুণী। বছর কুড়ির মেয়েটি ছিপছিপে, পরনে সাধারণ সুতির শাড়ি। চোখ দুটো ভাসাভাসা, বুদ্ধিদীপ্ত আর সতর্ক। রত্না।

বিক্রম ইশারায় রত্নাকে বসতে বলল।

মতিলাল মৃদু হেসে সৌজন্য দেখালেন, একটু জল খাবে মামণি?
রত্না মাথা নাড়ল। ঘরে ঢুকেই ও বিপ্লবকে দেখেছে। সেই থেকে ওর দৃষ্টি কোণে বসা বিপ্লবের ওপর। চোখে হাজারো প্রশ্ন।
বিক্রম সরাসরি মূল প্রসঙ্গে ঢুকল, বিপ্লব বলেছে কাল রাত ৯টা থেকে ও তোমার সঙ্গে ছিল। সোনাগাছিতে। তাই তো?
রত্না বিক্রমের চোখের দিকে সরাসরি তাকাল।
ভেতরে ভেতরে একটু ঘাবড়ে পেলেও কথায় তা প্রকাশ পেল না, হ্যাঁ স্যার। ও ন-টার পরেই আমার ঘরে এসেছিল। ছিল সকাল পর্যন্ত।
এবার প্রশ্নের পালা মতিলালের, ওর মধ্যে কোনও অস্বাভাবিকতা দেখেছিলে? বা ও কি মাঝপথে ঘর থেকে বেরিয়েছিল?
রত্না বলল, না স্যার। ও সারা রাত আমার সাথেই ছিল। আমরা..., আমরা কথা বলছিলাম।
রাঘব পাশ থেকে জিজ্ঞেস করল, ও কি আসার আগে কোনও মেডিক্যাল স্টোর-এ গিয়েছিল? ওটা কি তোমাকে বলেছে?
রত্না একটু অবাক হল, মেডিক্যাল স্টোর? না, সেরকম তো কিছু বলেনি।
মতিলাল এবার একটু ঝুঁকে বসলেন, দেখো মামণি, এই প্রশ্নটা করতে তোমাকে ভালো লাগছে না। কিন্তু বিপ্লব বলেছে ও এক প্যাকেট কন্ডোম কিনেছে। তুমি কি সেটা জানতে?
রত্নার মুখটা রক্তাভ হয়ে উঠল। মুখ নামিয়ে বলল, দৃষ্টি সরিয়ে নিয়ে বলল, হ্যাঁ স্যার। আমরা... খুব শীগগিরই বিয়ে করব। তবে বিয়ের আগে তো বাচ্চা চাই না, তাই...।
মতিলাল হাত তুলে বললেন, ঠিক আছে, ঠিক আছে। আমরা ক্ল্যারিফিকেশন চাইছি না। কনফার্মেশনটা পাওয়ার দরকার ছিল।
বিক্রম আর মতিলাল একে অপরের দিকে তাকালেন। কন্ডোম রহস্যটা এবার পরিষ্কার। ওটা চন্দ্রলেখার জন্য ছিল না। কিন্তু একটা গ্যাপ থেকে যাচ্ছে। রত্না জানে না যে বিপ্লব দোকানে গিয়েছিল। তার মানে বিপ্লব সোনাগাছি যাওয়ার পথেই দোকানটা সেরে নিয়েছিল।
বিক্রম ও মতিলাল কিছুক্ষণ গলা নামিয়ে আলোচনা সেরে নিল।
তারপর মতিলাল বললেন, ঠিক আছে, তুমি এখন যেতে পারো। তবে, আমরা না বলা পর্যন্ত কলকাতা ছেড়ে কোথাও যাবে না।
ফের বিপ্লবকে ডাকা হল।
বিক্রম বিপ্লবের খুব কাছে গিয়ে দাঁড়াল, ওর কাঁধে হাত রেখে বলল, বিপ্লব, তুমি রত্নাকে কেন বলোনি যে তুমি দোকানে গিয়েছিলে? বিপ্লব ঘেমে নেয়ে একসা। স্যার ওটা তো জরুরি কিছু নয়। আমি জাস্ট কিনে নিয়ে ওর কাছে চলে গেছিলাম।
বাড়ি থেকে বেরিয়ে সরাসরি সোনাগাছি? মাঝখানে আর কোথাও দাঁড়াওনি?
বিক্রমের চোখ বিপ্লবের ওপর স্থির।

- হ্যাঁ স্যার। সরাসরি। মুখ নামিয়ে জানাল বিপ্লব।
বিক্রম এক মুহূর্ত থামল। ওর কম্যান্ডো ইনস্টিংক্ট বলছে ডাল মে কুছ কালা হ্যায়। বিপ্লবের অ্যালিবাই আপাতদৃষ্টিতে সলিড। রত্না ওকে ক্লিনচিট দিচ্ছে। কিন্তু বিপ্লবকে যতটা মিনমিনে ভাবা হচ্ছে, সেটা কি ওর ছদ্মবেশ? সে কি তলায় তলায় অন্য কোনও চাল চালছে?
বিপ্লবকে অন্য ঘরে পাঠিয়ে দিয়ে বিক্রম বলল, মতিবাবু, ন-টার পর ও সোনাগাছিতে ছিল। কিন্তু মার্ডারটা ন-টার আগেও হয়ে থাকতে পারে কি না সেটা আমাদের দেখতে হবে। চন্দ্রলেখা হয়তো ন-টার আগেই শেষ হয়েছিল।
মতিলাল মাথা নাড়লেন, ঠিক বলেছো ভায়া। কিন্তু সোনাগাছিতে যাওয়াটা কি ওর স্রেফ একটা অ্যালিবাই ক্রিয়েট করার চেষ্টা? নাকি ওখানে ও সত্যিই অন্য কারও সাথে দেখা করতে গিয়েছিল?
বিক্রম জানলার কাছে গিয়ে দাঁড়াল। বাইরের কুয়াশাটা কেটে বেশ ঝলমলে রোদ উঠেছে।
ঘুরে দাঁড়িয়ে বিক্রম বলল, ওই ভুতুড়ে প্যালেসটাতে এখন একজনই বাকি। তার মুখ খোলা দরকার।
মতিলাল খুক খুক করে হাসলেন, ঠিক বলেছো ভায়া। ভজন সিং। ওঁর ষাট বছরের স্মৃতি এবার খুঁড়ে বের করতে হবে। দেখা যাক কোনও ক্লু মেলে কিনা?

৯. নিষিদ্ধ ইতিহাস

ভট্টাচার্য প্যালেস তো শুধুমাত্র একটি সুবিশাল অট্টালিকা নয়; ওটা একটা ফেলে আসা সময়ের স্মৃতিস্তম্ভ।
সব প্যালেসেরই দেওয়ালে গাঁথা থাকে অনেক নিষিদ্ধ গাথা।
নিস্তব্ধতা আর গোপনীয়তায় মোড়া সেইসব কাহিনী কদাচিৎ বাইরে বেরিয়ে আসে।
যতবারই বিক্রম এই বাড়িতে পা রেখেছে, ওর মনে হয়েছে বাড়িটার প্রতিটি ঘর, যা কিনা একটা সময় লোকলস্করে গমগম করত, সেখানে এখন থমথম করছে দমবন্ধ গোপনীয়তা। দেওয়ালের প্রতিটি ইঁট-কাঠ-পাথরের ভেতর লুকিয়ে রয়েছে এমন অনেক কথা যা প্রকাশ্যে বলা যায় না। বন্ধ ঘরের ভেতরে কার যেন গলা পাওয়া যাচ্ছে, কেউ যেন ফিসফিস করে কথা বলছে।
শীতের দুপুরের রোদ দ্রুত পড়ে আসছে। এই শূন্য প্যালেসের ধ্বংসাবশেষের ছায়া থেকে মাথা তুলছে হাড়হিম করা ঠাণ্ডা।
প্ল্যান অনুযায়ী প্রতিটি ঘরে ছড়িয়ে পড়ল পুলিশের টাস্ক ফোর্স, রাঘব ও শেখরের নেতৃত্বে।
মতিলাল গলা তুলে বললেন, একটা কোণও যেন বাদ না যায়।
তারপর বিক্রমের কাঁধে হাত রেখে বললেন, চলো ভায়া এবার আসল কাজটা

সেরে ফেলা যাক।
ভজনলালকে পাওয়া গেল রান্নাঘরে। বয়সের ভারে নুইয়ে পড়া শরীর। নিবিষ্ট মনে রূপোর বাসন পালিশ করছিল—যেগুলো এই সব বাসনপত্র বহু বছর ব্যবহার করা হয়নি।
ভজনের চোখমুখে এমন একটা ভাব রয়েছে যাতে ওকে বয়সের থেকেও বেশি পুরনো দেখায়, ওর মুখে বলিরেখার ম্যাপ যে কোনও মানচিত্রকেও লজ্জা দেবে।
ওদের দেখে ও অবাক হলো না, শুধু ক্লান্তিতে চোখ বুজল একবার, তারপর বলল, আসুন বাবু।
ভজন কাকা, বিক্রম ওর কাছে গিয়ে দাঁড়াল। গলাটা খুব শান্ত। আপনার সাথে একটু কথা আছে। এই বাড়িটা সম্পর্কে... যা যা ঘটেছে এখানে। ভয় পাবেন না। মন খুলে বলুন।

ভজনলাল একটা রুপোর চামচ নামিয়ে রেখে ধুতিতে হাত মুছল।
ওর ঘোলাটে চোখে নেমে এল গভীর বিষণ্ণতা।
ক্লান্ত গলায় বলল, জানি বাবু। এই বাড়িতে বিপদ ফিরে এসেছে। চিরকাল এটাই হয়। কমদিন তো হল না এখানে। তবে যার যা পাওয়ার সে তো এই জীবনেই পেয়ে যায় তাই না?
গ্রাউন্ড ফ্লোরের একটা ছোট বসার ঘরে ভজনের দুপাশে বসল মতিলাল ও বিক্রম।
ধুলোমাখা সোফায় বসার পর বিক্রম প্রশ্ন করল, কত বছর এখানে কাজ করছেন আপনি?
ভজনলালের দৃষ্টি দেওয়ালে টাঙানো একটি ম্লান পোট্রেটের দিকে চলে গেল, এক জীবন কেটে গেল বাবু। মেমসাহেব জন্মানোর আগেই আমি এই বাড়িতে এসেছি। বড় কর্তার বাবা তখনও বেঁচে ছিলেন। ওই যে ছবিতে তিনি আমার দিকে তাকিয়ে যেন কিছু বলতে চাইছেন। আমি মেমসাহেব চন্দ্রলেখাকে এই বাড়িতেই জন্মাতে দেখেছি।
বিক্রম আর মতিলাল মুখ চাওয়াচাওয়ি করল। এই লোকটা জ্যান্ত ইতিহাস। সবকিছুর মূল জট হয়তো এর কাছেই খুলতে পারে।
বিক্রম জিজ্ঞেস করল, আপনি একাই এসেছিলেন?
- হ্যাঁ, শুরুতে একাই। পরে, বছর দশেক বাদে ভাইপো জগনকে এখানে নিয়ে আসি। কথা শেষ করে বেশ করে দীর্ঘশ্বাস ফেলল ভজন। তারপর মুখ ঘুরিয়ে নিল অন্যদিকে। ধুতির খুঁট দিয়ে চোখ মুছল একবার।
বিক্রমের চোখ তখন ভজনলালের ওপর স্থির, আপনার ভাইপোও এখানে ছিল? সে কবে এখানে এসেছিল?
ভজনলালের কাঁধ দুটো সামান্য ঝুলে পড়ল, জগন... আহ, জগন। খুব শান্ত ছেলে ছিল। যখন ওর বছর দশেক বয়স, তখন ওকে নিয়ে আসি। বাড়ির ভারি

কাজগুলোতে ও আমাকে সাহায্য করত।
- তারপর? মতিলাল জিজ্ঞেস করলেন।
- তারপর..., ভজনলাল কিছুক্ষণ চুপ করে রইল, জগনকে এখান থেকে আর ফিরিয়ে নিয়ে যেতে পারিনি বাবু। ওর মৃত্যুর জন্য এখন নিজেকেই দোষী মনে হয়।
- কিন্তু জগন মারা গেল কীভাবে? ওর মৃত্যুটা হল কী করে? বিক্রমের গলা এখন আরও নিচু।
বৃদ্ধের শরীরে একটা কাঁপুনি খেলে গেল, খুব খারাপ সময় ছিল সেটা বাবু। পুরো বাড়িতে একটা কালো অন্ধকার নেমে এসেছিল। সবাই বলল ও... ও গলায় দড়ি দিয়েছে।
ভাইপোর মৃত্যুর কথা বলতে গিয়ে ভজনের গলার স্বর এতটাই নেমে গেল যে প্রায় শোনাই যাচ্ছিল না।
মতিলাল সহানুভূতির সুরে বললেন, একটা সুস্থ, স্বাভাবিক ছেলে, হঠাৎ মারা যাবে কেন, ভজন? কী হয়েছিল ওর?
- জানি না বাবু। ভজন বড় করে দীর্ঘশ্বাস ফেলল, আমি তো এখানে ছিলাম না। দেশে তখন জমি-জমা নিয়ে একটা মামলা চলছিল, আমাকে দেশে যেতে হয়েছিল। সেখানে টেলিগ্রাম যায়। আমি ছুটে এসে শুনি, সব শেষ। ও নাকি গলায় দড়ি দিয়ে সুইসাইড করেছে। ছেলেটার মুখটা পর্যন্ত দেখতে পারিনি। আর তার ঠিক পরেই মেমসাহেবকেও এখান থেকে সরিয়ে নিয়ে যাওয়া হয়। অনেকদিন এখানে ছিলেন না চন্দ্রলেখা মেমসাহেব। তা প্রায় মাস ছয়েক তো হবেই।
বিক্রম আর মতিলাল মুখ চাওয়াচাওয়ি করল। জগনের অস্বাভাবিক মৃত্যুর সঙ্গে কিশোরী চন্দ্রলেখার মাস ছয়েকের অন্তর্ধানের সম্পর্কটা ঠিক কী হতে পারে?
বিক্রম বলল, কোথায় গিয়েছিলেন মেমসাহেব? সেটা কী জানো?
ভজন মাথা নাড়ল, না বাবু। সে কথা কী করে জানব? শুনলাম মেমসাহেব নেই। তবে মেমসাহেবের শরীর খুব ভালো ছিল না। ডাক্তার বাবু রেগুলার চেক আপ করতে আসতেন। তিনি বেঁচে থাকলে হয়ত বলতে পারতেন।
মতিলাল বললেন, কোন ডাক্তার বাবু? নাম কী?
ভজন বলল, বড়কর্তার মুখে দু-একবার শুনেছি - শাশ্বত বাবু। ভারি ভাল মানুষ ছিলেন। আমার একবার পায়ে টান ধরেছিল, উনি দেখলেন আমি পা টেনে টেনে চলছি, নিজেই ওষুধ দিয়েছিলেন। আর...
বিক্রম বলল, আর কী?
ভজনলাল কান্নায় ভেঙে পড়ল। দুদিক থেকে ওর কাঁধে হাত রাখল বিক্রম ও মতিলাল। ওকে একটু সামলানোর সময় দিলেন।
ভজন বলল, ডাক্তারবাবু বলেছিলেন, জগনকে দেশে পাঠিয়ে দাও ভজন। ওকে আর এখানে রেখো না।
- তুমি জানতে চাওনি, কেন? বিক্রম জিজ্ঞেস করল।

করেছিলাম, ভজন থেমে থেমে বলল, ডাক্তারবাবু বললেন, তোমার ভাইপোর মাথা খুব ভালো। ওকে পড়াশোনা থেকে ছাড়িয়ে এনে খুব ভুল করেছো। দেশে পাঠিয়ে দাও, ওর লেখাপড়ার খরচ আমি দেবো। তাই পরে যখন শুনলাম গাড়ি অ্যাক্সিডেন্টে উনি মারা গেছেন, সারারাত ঘুমোতে পারিনি। কী থেকে যে কী হয়ে গেল বাবু।

বেশ কিছুক্ষণ নীচু গলায় বিক্রমের সঙ্গে আলোচনা করতে লাগলেন মতিলাল। পরপর দুটো আনন্যাচারাল ডেথের খবর পাওয়া যাচ্ছে, সঙ্গে কিশোরী চন্দ্রলেখার রহস্যময় অসুস্থতা ও ছ-মাসের জন্য অন্তর্ধান। কিন্তু তার থেকেও বড় কথা, এখনকার খুনগুলোর সঙ্গে অতীতের কী সম্পর্ক?

বিরাট হলঘরে থমথম করছে নিস্তব্ধতা। শুধু ওপরের ঘরগুলোতে ভারি বুটের শব্দ। ফার্নিচার সরানোর আওয়াজ। গোটা বাড়ি জুড়ে তল্লাশি চলছে জোরকদমে।

বিক্রম বলল, মেমসাহেবের ঠিক কী হয়েছিল, কখনও জানতে চাওনি ডাক্তারবাবুর কাছে?

ভজনলাল মুখ সরিয়ে নিল, না বাবু, আমরা ছোটখাটো মানুষ। বামন হয়ে চাঁদে হাত বাড়িয়ে আমাদের কী লাভ বলুন? শুধু এটুকু জানতাম, মেমসাহেব ভাল ছিলেন না। খুব অসুস্থ ছিলেন। দোতলার ঘরে থাকতেন। কয়েকমাস নিচে নামেননি। বড় কর্তা কাউকে ওঁর কাছে যেতে দিতেন না। বলতেন, ওঁর নাকি শুধু বিশ্রামের দরকার। একমাত্র ডাক্তার বাবু, মেমসাহেবের বাবা, মা ছাড়া আর কারও তখন ওপরে ওঠাই নিষেধ ছিল। একমাত্র জগন...

- জগন কী করেছিল? মতিলালের গলায় কৌতুহল।

- ও একবার লুকিয়ে যাওয়ার চেষ্টা করেছিল ওপরে। ছেলেমানুষ তো, তাছাড়া মেমসাহেব ওকে চিরকাল কাজে, অকাজে ডেকে পাঠাতেন। বিশেষ করে দুপুরে, যখন সাহেব আদালতে চলে যেতেন, মেমসাহেবের মা ঘুমিয়ে পড়তেন, তখন ওরা দুজন লুডো খেলত বলে শুনেছি। তাও সেটা লুকিয়ে। বড় সাহেব জানতে পারলে চামড়া তুলে নেবেন। আমি আর তারক জানতাম। তবে তারক আমাকে বারবার বলত, জগনকে ওই মেয়েটার কাছে পাঠাবে না ভজন। মেয়েটার ভাবগতিক আমার ভাল ঠেকে না। তাছাড়া এই বয়সটাও গণ্ডগোলের। ঘি আর আগুন কাছাকাছি রাখলে আগুন লাগতে কতক্ষণ?

বিক্রম বলল, তা তুমি জগনকে বারণ করোনি কখনও?

- করেছি বাবু। কিন্তু ও তো মেমসাহেবের থেকে বয়সে ছোট ছিল, আর খুব সরল প্রকৃতির ছেলেমানুষ ছিল জগন। বললেই তর্ক জুড়ত, তবে পরের দিকে ওর মধ্যে একটা বদল আসে।

- কীরকম? মতিলাল জিজ্ঞেস করলেন।

ভজন থেমে থেমে বলল, জগন খুব তাড়াতাড়ি বড় হয়ে যাচ্ছিল। আমার মনে হতে লাগল ও অনেক কিছু আমার কাছে লুকিয়ে যাচ্ছে। তারপর একদিন রাতে হঠাৎ ঘুম ভেঙে উঠে দেখি, পাশে ও নেই। আমি উঠিনি, জেগে শুয়েছিলাম।

বেশ কিছুক্ষণ পর দেখি ও ফিরে এল। পাশে শুয়ে পড়ল। তারওপর কিছুক্ষণ পর দেখলাম ও ফুঁপিয়ে ফুঁপিয়ে কাঁদছে। এর ঠিক দুদিন পর কারও ওপরে যাওয়া নিষেধ হয়ে গেল। আমরা শুনলাম, দিদিমণি অসুস্থ। তারপর তো ডাক্তারবাবু আসা-যাওয়া করতে লাগলেন।

- ডাক্তারবাবু ছাড়া, আর কেউ? বিক্রমের প্রশ্ন।

- না বাবু। শুধু ডাক্তারবাবু আসতেন। ডাক্তার শাশ্বত বিশ্বাস। রোজই আসতেন প্রায়। এভাবে চলেছিল প্রায় মাস পাঁচ-ছয়। শেষদিকে দু-একবার এসেছিলেন এই পরিবারের কূলগুরু শঙ্কর মহারাজ। তিনি অবশ্য ওপরে যেতেন না। বসতেন, বড় কর্তা জয়ন্তবাবুর পড়ার ঘরেই।

মতিলাল আর বিক্রম মুখ চাওয়াচাওয়ি করল। মতিলাল গলা নামিয়ে বিক্রমকে বললেন, বুঝলে ভায়া, কেসটা কিচাইন হয়ে আছে। শুরুটা লুডো দিয়ে হলেও, পরে ওটা বিছানার ওপর জুডোয় বদলে গিয়েছিল।

ভজন যাতে না বোঝে সেজন্য বিক্রম বলল, শি ওয়াজ ক্রেজি অ্যান্ড মোস্ট প্রবাবলি সেক্স অ্যাডিক্ট, পারভার্ট। শি ইউজড জগন অ্যান্ড লেটার ডাম্পড হার অ্যাজ শি ডিড অফটেন।

মতিলাল মাথা নাড়লেন, কারেক্ট ইউ আর।

বিক্রম এবার ঘুরে বসল ভজনের দিকে, ভাইপোর মৃত্যুর সময় আপনি তাহলে ছিলেন না ভজন কাকা?

ভজনলালের মুখে এবার বিষণ্ণতার বদলে ঘৃণা আর রাগ ফুটে উঠল। থেমে থেমে বলল, বড় কর্তা... জয়ন্ত বাবু... আমাকে একটা কাগজ দেখিয়ে গ্রামে চলে যেতে বললেন। বললেন জমি নিয়ে ঝগড়া হয়েছে দেশে, আমার থাকা দরকার। সব মিথ্যে বাবু। আসলে ওনারা চাইছিলেন আমি যাতে ওই সময় বাড়িতে না থাকি। জোর করে ছুটি দিয়ে আমায় পাঠিয়ে দিয়েছিলেন বিহারে। এসে শুনলাম সব শেষ।

বিক্রম বলল, মতিবাবু ওকে কি আর দরকার আছে?

মতিলাল মাথা নাড়লেন, না। ঠিক আছে ভজন তুমি গিয়ে যেমন কাজ করছ, করো। পরে তোমার সঙ্গে আবার কথা বলব।

ভজন ফের রান্নাঘরের দিকে চলে যাওয়ার পর, বিক্রম মতিলালকে বলল, ব্যারিস্টার জয়ন্ত নারায়ণ ভট্টাচার্য পুরো ন্যারেটিভ কন্ট্রোল করতেন সেই সময়। এই শংকর মহারাজ বা কুলগুরুকেও খুঁজে বের করা দরকার। যে নবীণ সন্ন্যাসী বড় মেয়ে চন্দ্রজার সঙ্গে দেখা করতে আসত, সে কি কোনওভাবে শঙ্কর মহারাজের দূত?

সন্দেহ নেই, শংকর মহারাজ—এই ধাঁধার আরেকটা বড় টুকরো।

মতিলাল রাঘব আর শেখরকে ডেকে পাঠালেন, নির্দেশ দিলেন, এই শংকর মহারাজের খোঁজ চাই। ইন্টারসেপশন অন করে দাও। বিপ্লবের ফোনে আড়ি পাতো। দেখো ও কাদের সঙ্গে যোগাযোগ রাখছে। পাশাপাশি ডাক্তার শাশ্বত বিশ্বাসের ফ্যামিলিতে কেউ বেঁচে আছে কি না সেটাও দেখা দরকার। যেহেতু

জগন ও ডাক্তারের আনন্যাচারাল ডেথ হয়েছিল, ওদের পুরনো ফাইল থাকবেই। অটোপসি রিপোর্টও থাকবে। সব আমাদের চাই।
বিক্রম বলল, এক কথায়, আপাতত এই তিন খুনের সূত্র ধরে আমরা কুড়ি বছর পেছনে ফিরে যাচ্ছি?
মতিলাল খুকখুক করে হেসে বললেন, নারী প্রকৃতি বলে একটা কথা আছে ভায়া। এক নারী গড়ে, আরেক নারী ভাঙে। যার মধ্যে ডেসট্রাকশনের বীজ লুকিয়ে থাকে, একটা সময় সে নিজেও ডেসট্রয়েড হয়ে যায়। এটাই বোধহয় প্রকৃতির বিধান।

১০. ডায়েরির হেঁয়ালি

এটা ঠিকই যে ভজনলালের জবানবন্দির ওপর ভিত্তি করে আগাম কিছু অনুমান করা উচিত নয়।
সবথেকে বেশি দরকার, আরও বেশি তথ্য, প্রমাণ এবং এইসব তথ্যের মধ্যে যুক্ত হয়ে থাকা সম্পর্ক।
অসম্পূর্ণ হলেও একটা বিষয় স্পষ্ট করে দিয়েছিল—ভট্টাচার্য প্যালেস আসলে একটা জ্যান্ত মিউজিয়াম, যেখানে গত দুই দশকের অজস্র নোংরা রহস্য ধামাচাপা দিয়ে রাখা হয়েছে। এটা এখন আর কেবল ক্রাইম সিন নয়, বরং মিথ্যে আর প্রতারণার স্তরে স্তরে জমে থাকা একটা আর্কিওলজিক্যাল ডিগ (archaeological dig)।
বিক্রম আর মতিলাল নিজেদের টিমকে নিয়ে হলঘরে দাঁড়ালেন। বিক্রমের পরনে ব্ল্যাক ট্যাকটিক্যাল জ্যাকেট, চোখে সেই তীক্ষ্ণ কম্যান্ডো লুক।
বিক্রম নির্দেশ দিল, ওকে বয়েজ, মন দিয়ে শোনো। আমাদের এমন কিছু খুঁজে বের করতে হবে যা ওরা পুড়িয়ে ফেলতে বা মাটি চাপা দিতে পারেনি। ভজনলালের কথা অনুযায়ী, অতীতের সাথে বর্তমানের একটা গভীর যোগসূত্র আছে। তাই পুরো বাড়িটা তন্নতন্ন করে সার্চ করো।
মতিলাল যোগ করলেন, ফোকাস করো পার্সোনাল এরিয়াগুলোতে। বিশেষ করে জয়ন্ত নারায়ণ ভট্টাচার্যের স্টাডি রুম। ওখানেই সব ঘুঁটি সাজানো হত।
বিক্রম রাঘব আর শেখরকে নিয়ে বড়কর্তার সেই খাস স্টাডিতে ঢুকল। ঘরটা গ্রাউন্ড ফ্লোরে, যেখানে বড়কর্তা তাঁর ক্লায়েন্ট আর সেই রহস্যময় কুলগুরু শঙ্কর মহারাজের সাথে মিটিং করতেন। ধুলোর আস্তরণ আর পুরনো বইয়ের গন্ধে ঘরটা ভারী হয়ে আছে।
বিক্রম আলমারিগুলো চেক করতে করতে বলল, মতিবাবু, জয়ন্ত নারায়ণ ভট্টাচার্যের সেই অ্যাংলো-ইন্ডিয়ান সেক্রেটারি ববি-র কথা মনে আছে? এই প্যালেসের কাস্ট হায়ারার্কি (caste hierarchy) এতটাই স্ট্রং ছিল যে সেই মহিলাকে কখনও ওপরের তলায় উঠতে দেওয়া হয়নি। জয়ন্ত নারায়ণের মৃত্যুর

পরই চন্দ্রলেখা ওনাকে ওপরে যাওয়ার পারমিশন দিয়েছিলেন।
মতিলাল মাথা নাড়লেন। জয়ন্ত নারায়ণ কেবল একজন দুঁদে ব্যারিস্টারই ছিলেন না, তাঁর ভেতরে একটা ভয়ংকর অপরাধী মন লুকিয়ে ছিল। জগনের মৃত্যুকে ওভাবেই সুইসাইড বলে চালিয়ে দেওয়া খুব একটা কঠিন ছিল না ওঁর জন্য।
বিক্রম টেবিলের ড্রয়ারগুলো হাতড়াতে হাতড়াতে বলল, কিন্তু ডাক্তার শাশ্বত বিশ্বাসের কী হয়েছিল? আর চন্দ্রলেখার বয়স্ক স্বামী চন্দ্রশেখর হঠাৎ অসুস্থ হয়ে পড়লেন কেন? তারক কবুল করেছে যে বড় বাবুর খাবার চন্দ্রলেখা নিজেই বানাতেন। বিপ্লবকে এই বাড়িতে পার্মানেন্টলি ঢোকানোর জন্য কি উনি নিজের স্বামীকে স্লো-পয়জন (slow poison) করেছিলেন?
ঠিক সেই মুহূর্তে কোণের একটা ক্যাবিনেট থেকে রাঘব চেঁচিয়ে উঠল, স্যার! এদিকে দেখুন।
বিক্রম আর মতিলাল দ্রুত ওদিকে গেলেন। একটা সরু কাঠের ক্যাবিনেটের নিচে, এক গাদা লিগ্যাল ডকুমেন্টের তলায় লুকানো ছিল একটা চামড়ায় বাঁধানো ডায়েরি। পুরনো, জরাজীর্ণ, কিন্তু ইতিহাসের ভারে ভারী।
বিক্রম ডায়েরিটা হাতে নিল। পাতাগুলো হলদে হয়ে গেছে। ওটা ওল্টাতেই ওর ভুরু কুঁচকে গেল। মতিবাবু, এটা সাধারণ ডায়েরি নয়। এটা একটা ক্রিপ্টিক কোডবুক (cryptic codebook)।
ডায়েরির লেখাগুলো ছিল অনেকটা এরকম:
প্রজেক্ট এ ভালোই এগোচ্ছে। জে ইস্যু রিজলভড। ডক্টর বি কমপ্লিকেশন—হ্যান্ডেলড। কে-র সাথে মিটিং। বিয়ে কনফার্মড। ফিউচার সিকিওর। গুরু এস-এর পরামর্শ নেওয়া হল। সমাধান পাওয়া গেছে। প্যাকেজ ডেলিভারড টু ওড়িশা। সেফ।
বিক্রম নিচু গলায় কোডগুলো ডিকোড করার চেষ্টা করল। জে মানে নির্ঘাত জগন। ডক্টর বি মানে ডক্টর বিশ্বাস। কে মানে কানুনলাল আর গুরু এস মানে শঙ্কর মহারাজ। কিন্তু শেষ লাইনটা মতিবাবু?
মতিলাল ডায়েরিটা দেখলেন। প্যাকেজ ডেলিভারড টু ওড়িশা? কীসের প্যাকেজ?
বিক্রমের চোখে একটা বিচিত্র আলো জ্বলে উঠল। চন্দ্রলেখা একটা লম্বা সময় নিরুদ্দেশ ছিলেন। তিনি কি ওড়িশায় ছিলেন? নাকি সেই প্যাকেজটা অন্য কিছু... বা অন্য কেউ?
বাইরে তখন শীতের বিকেল ফুরিয়ে অন্ধকার নামছে। প্যালেসের দীর্ঘ ছায়াগুলো যেন ডায়েরির রহস্যের মতোই আরও ঘনীভূত হচ্ছে।
মতিলাল বললেন, ভুতুড়ে প্যালেসটা মুখ খুলতে শুরু করেছে ভায়া। কিন্তু সবটাই যেন ধাঁধার মতো।
বিক্রম ডায়েরিটা পকেটে ঢোকাল। মুচকি হেসে বলল, এই ধাঁধার উত্তর ওড়িশাতেই আছে মতিবাবু। অপারেশন চন্দ্রবংশ এবার কলকাতা ছাড়িয়ে পাড়ি

দিচ্ছে অন্য রাজ্যে।

১১. শ্বাসরোধ ও পাঁচ মাসের ভ্রূণ

গতরাতে ভট্টাচার্য প্যালেস থেকে বেরতে বেরতে রাত গড়িয়ে গিয়েছিল।
অতবড় একটি বাড়িকে এখন যেন জেলখানার মত লাগে।
বিক্রম ও মতিলালকে গেট পর্যন্ত ছাড়তে এসেছিল বিপ্লব ও ভজন।
বিপ্লব একবার মতিলালকে বলার চেষ্টা করেছিল, স্যার আমরা দুজনেই নির্দোষ।

মতিলাল তাঁর সেই খুকখুকে হাসিটা দিয়ে বলেছিলেন, কে দোষী, কে নির্দোষ, তা তো বাপু ঠিক করবে আদালত। আমাদের কাজ তথ্য সংগ্রহ করা। সেগুলো কোর্টে পেশ করা। তারপর মহামান্য আদালত যা ভাল মনে করবে, তাই হবে।
বিক্রম বিপ্লবের পিঠে হাত রেখে বলেছিল, তুমি ভাই কিছু লুকিও না। তুমি যাই লুকোও না কেন, তা ঠিকই বেরিয়ে আসবে। আমরা ঠিকই খুঁজে বের করব।
ভট্টাচার্য প্যালেস থেকে বেরিয়ে আসার পরেও বেশ কিছুক্ষণ ওরা চুপ করেছিল।
প্রথম কথাটা বললেন মতিলাল, কী মনে হচ্ছে ভায়া?
বিক্রম বলল, বিপ্লব কাউকে একটা ভয় পাচ্ছে। ওর লাইন ইন্টারসেপশনে রাখুন, পাশাপাশি আমি পিজিকে বলছি, কিছু একটা ব্যবস্থা করতে।
মতিলাল বললেন, তোমার ওই জিনিয়াস হ্যাকার বন্ধুটিকে কলকাতায় পার্মানেন্টলি আনার ব্যবস্থা করা যায় না?
গাড়ির জানলা দিয়ে আসা রাস্তার আলোতে দেখা গেল, বিক্রম হাসছে।
মতিলাল বললেন, কী ব্যাপার বলোতো, তোমার হাসিটা যেন সন্দেহজনক ঠেকছে।
বিক্রম মতিলালের দিকে ফিরে বলল, পিজি পাকাপাকিভাবে দেশে ফিরে আসছে। তল্লাশি আর জেরা চলাকালীন আপনাকে খবরটা দিতে পারিনি। তিনটে শহর আপাতত বাছা হয়েছে। কলকাতা, মুম্বই আর চেন্নাই। এটা নিয়ে আপনার সঙ্গে পরামর্শ করব। তবে বিদেশের পাট পুরোপুরি চুকিয়ে ফেলার আগে ওকে কিছু ফর্মালিটি সারতে হবে। ততক্ষণ এই কেসটাতে ও বাইরে থেকেই সাপোর্ট দেবে।
মতিলাল বললেন, ভেরি গুড।

গতরাতে বিক্রম ঠিকমতো ঘুমোতে পারেনি।
স্বপ্নে বারবার ঘুরে ফিরে আসছিল চন্দ্রলেখার দুই মেয়ের মুখ। কুয়াশার ভেতর থেকে ওরা যেন কিছু একটা বলতে চাইছিল, কিন্তু কেউ যেন পেছন থেকে ওদের টেনে নিয়ে চলে যাচ্ছিল অন্ধকারে। কনকনে শীতের রাতেও বিক্রম

যখন উঠে বসে একগ্লাস জল খেল, দেখল কপালে বিন্দু বিন্দু ঘাম।
বিক্রমের মাথার ভেতর ঘুরপাক খাচ্ছিল জয়ন্ত নারায়ণের সেই ডায়েরির শব্দগুলো—*J issue resolved. Doctor B complication. Handled it. Package delivered to Odisha. Safe.*

সকালে খুব স্বাভাবিকভাবেই ডায়েরির প্রসঙ্গটাই উঠল সবার আগে।
মতিলালের বাংলোর বারান্দায় বসে বিক্রম বলল, মতিবাবু, কোডগুলো এখন আর অতটা ক্রিপ্টিক মনে হচ্ছে না।
মতিলাল কফিতে চুমুক দিয়ে বলে উঠলেন, একটা চেইন রিঅ্যাকশন কাজ করছে, বুঝলে ভায়া। প্রথমে জগনের অস্বাভাবিক মৃত্যু। সেকেন্ড, ডাক্তার বিশ্বাসের অ্যাক্সিডেন্ট। থার্ড, ওড়িশার শঙ্কর মহারাজের আশ্রমে সেই রহস্যময় প্যাকেজ ডেলিভারি।
বিক্রম যোগ করল, আর সবকিছুর কেন্দ্রে চন্দ্রলেখার সেই রহস্যময় অসুস্থতা। অসুস্থতা নাকি অন্য কিছু? জগন কি এমন জানত, বা কীভাবে ব্যাপারটার সঙ্গে ইনভলবড হয়ে পড়েছিল যে যার জন্য ওকে মরতে হল?

লাঞ্চের ঠিক আগে ফরেনসিক ডিপার্টমেন্ট থেকে ফোন এল। চন্দ্রলেখার পোস্ট-মর্টেম রিপোর্ট রেডি।
রাঘব জানাল, শেখর গেছে স্যার, ওটা নিয়ে আসতে।
মিনিট পনেরো পর শেখর যখন একটা মোটা খাম নিয়ে ঘরে ঢুকল, তখন ওর চোখমুখ থমথমে, গম্ভীর।
মতিলাল খুকখুক করে হাসলেন, ভায়ার ভাবগতিক ভাল নয়। বাচ্চা ছেলে তো, সব দেখেশুনে ঘাবড়ে গেছে।
খামটা খুলে বিক্রম আর মতিলাল রিপোর্টটা পড়তে শুরু করল।
নিথর দেহের সেই ক্লিনিক্যাল বর্ণনা আসলে একটা ভয়ংকর নিষ্ঠুরতার দলিল।
কজ অফ ডেথ (Cause of Death): ম্যানুয়াল স্ট্র্যাঙ্গুলেশন। গলায় প্রচণ্ড চাপ দিয়ে ট্রাকিয়া (শ্বাসনালী) গুঁড়িয়ে দেওয়া হয়েছে।
লিগেচার মার্কস (Ligature marks): গলার দাগগুলো খুব আবছা। মনে হচ্ছে প্রথমে ওড়না বা ওই জাতীয় নরম কিছু ব্যবহার করা হয়েছিল, পরে খুনি সরাসরি হাত দিয়ে শ্বাসরোধ করেছে।
টাইম অফ ডেথ (Time of Death): ৯ এবং ১০ ডিসেম্বরের মাঝামাঝি রাত ১২টা থেকে ৩টের মধ্যে।
ধস্তাধস্তি: একদম নগণ্য। কবজিতে সামান্য কালশিটে আছে, যা দেখে মনে হয় হাত চেপে ধরা হয়েছিল। কিন্তু দীর্ঘ লড়াইয়ের কোনও চিহ্ন নেই।
বিক্রম রিপোর্টটা রেখে বলল, তার মানে খুনি চন্দ্রলেখার পরিচিত কেউ, যাকে উনি প্রথম দিকে থ্রেট মনে করেননি। অথবা কিলার সংখ্যায় একের বেশি ছিল।

রাঘব বলল, স্যার, টাইম অফ ডেথ বলছে বিপ্লব তখন সোনাগাছিতে ছিল। ওর অ্যালিবাই তো সলিড।
- অ্যালিবাই সলিড মানেই ও নির্দোষ নয় রাঘব, মতিলালের গলায় কাঠিন্য।
বিক্রম বলল, মার্ডারটা ও নিজে করেনি ঠিকই, কিন্তু পুরো ঘটনার ব্লু-প্রিন্ট ওর মাথাতেও থাকতে পারে। হয়তো দরজা ওই খুলে দিয়েছিল। কারণ, কোনও ফোর্সড এন্ট্রির চিহ্ন পাওয়া যায়নি।
ঠিক এই সময় রিপোর্টের শেষ অংশটা মতিলালের চোখ টানল। ওটাই আসল বম্ব-শেল।
প্রেগন্যান্সি কনফার্মড। গর্ভে প্রায় পাঁচ মাসের ভ্রূণ।
- পাঁচ মাস? রাঘব আঁতকে উঠল। একজন বিধবা মহিলা, তাঁর এই বয়সে...
মতিলাল বললেন, পাঁচ মাস বলে সে কোনও সাতে-পাঁচে থাকবে না এমন তো ভাবার কোনও কারণ নেই।
বিক্রম মাথা নাড়ল, বাবার পরিচয় জানাটা খুব জরুরি। ওটা ডিএনএ থেকেই জানাও যাবে। কিন্তু তার আগে তো সাসপেক্টকে আমাদের হাতে চাই। কি মতিবাবু, ঠিক বলেছি তো?
মতিলাল গম্ভীর হয়ে বললেন, ঠিক দিকেই হাঁটছ ভায়া। তবে ম্যানুয়াল স্ট্র্যাঙ্গুলেশন একটা খুব ইন্টিমেট আর ব্রুটাল খুনের পদ্ধতি। দুই মেয়ের মার্ডার ছিল প্রফেশনাল হিট। কিন্তু চন্দ্রলেখার খুনটা বড্ড ব্যক্তিগত। আক্রোশ আর রাগের বহিঃপ্রকাশ পরিষ্কার। এটাই আমাকে ভাবাচ্ছে।
বিক্রম বলল, কে ছিল ওই সন্তানের বাবা? সে কি চাইছিল না বাচ্চাটা পৃথিবীতে আসুক?
মতিলাল দীর্ঘশ্বাস ফেললেন, কেসটা বড্ড মেসি হয়ে গেল ভায়া। কিলার কোনও প্রফেশনাল নয়, অন্তত চন্দ্রলেখার ক্ষেত্রে তো বটেই। খুনী খুবই পরিচিত কেউ, যে ওর খুব কাছে পৌঁছতে পারত।
বিক্রম টেবিল থেকে উঠে জানলার কাছে গিয়ে দাঁড়াল।
তারপর ঘুরে এসে বসে বলল, আমাদের হাতে এখন তিনটে বড় কাজ। প্রথম, সেই ডাক্তার বিশ্বাসের পরিবারকে খুঁজে বের করা। দ্বিতীয়, ওড়িশার সেই শঙ্কর মহারাজ। আর সবথেকে ইম্পর্ট্যান্ট—কুড়ি বছর আগেকার জগনের অটোপসি রিপোর্ট। ভট্টাচার্য প্যালেসের ডার্ক হিস্ট্রির চাবিকাঠি হয়ত ওখানেই লুকানো আছে।
মতিলাল বললেন, রাঘব আর শেখর, দুজনেই ভাল করে শুনে নিয়েছ। এবার কাজ ভাগাভাগি করে নাও। দুটো আলাদা টিম করো। ও হ্যাঁ, আরও একটা ব্যাপার। জগনের অটোপসি যে ডাক্তার করেছিল, তাকেও খুঁজে বের করো।
বিক্রম মাথা ঝাঁকাল, ঠিক, ঠিক। ওটা খুব জরুরি। সেই ডাক্তার ভদ্রলোকও বেঁচে থাকলে হয়।
মতিলাল খুকখুক করে হাসলেন, খারাপ বলোনি ভায়া। এখন বোঝা যাচ্ছে আমাদের কতগুলো কমন মিস-কনসেপশন আছে। যেমন শিক্ষিত লোক

মানেই সেই মানুষটা ভাল হবে। এমন হয় না। এই ধরো চন্দ্রলেখার বাবা, জয়ন্তর কথা। বিলেত ফেরত ব্যারিস্টার। সেই সময় কলকাতার এক নম্বর ডিফেন্স ল-ইয়ার। কিন্তু তার কাজগুলো দেখো। কী কী করেছে? এখন একটাই প্রশ্ন, ওর সঙ্গে সেই সময় আর কে কে ছিল?
বাইরে কুয়াশাটা সরে গিয়ে শীতের রোদের তেজ বাড়ছে, সেই আলোর কিছুটা যেন এসে পড়েছে ইনভেস্টিগেশনের ঘন অন্ধকারের ওপর। কিন্তু রহস্যের জট খুলছে কই?

১২. অতীতের ব্ল্যাক হোল

পোস্ট-মর্টেম রিপোর্টটা দেখিয়ে মতিলাল বিক্রমকে বললেন, বুঝলে ভায়া, এটা একটা আনসলভড ধাঁধার মতো। চন্দ্রলেখা পাঁচ মাসের প্রেগন্যান্ট ছিল। তাকে শ্বাসরোধ করে মারা হয়েছে, এবং কাজটাতে যুক্ত ছিল একাধিক লোক। খুনের প্রক্রিয়াটার দিকে তাকাও, অ্যামেচারিশ। বোঝাই যাচ্ছে একটা তীব্র আক্রোশ কাজ করছে।
বিক্রম সায় দেওয়ার ভঙ্গিতে মাথা নাড়ল, ঠিক। অনেক দিনের পুরনো জমে থাকা রাগ যেন কেউ উগরে দিতে চেয়েছে।
মতিলাল বললেন, কিন্তু সেই চন্দ্রলেখারই দুই মেয়ের খুনের পোস্টমর্টেম দেখো। প্রফেশনাল হিট-এর ছোঁয়া। এক ধরনের ডিসট্যান্ট, ইনডিফারেন্স। দুই মেয়ের ক্ষেত্রে যেটা দেখা যাচ্ছে, মায়ের ক্ষেত্রে সেটা একদমই নেই কেন? এটা কেন অনেক বেশি ব্যক্তিগত?
বিক্রম জানলার ধারে দাঁড়িয়ে বাইরের কুয়াশাচ্ছন্ন কলকাতার দিকে তাকিয়ে ছিল।
ঘুরে তাকিয়ে বলল, মতিবাবু, এই পুরো কেসটা এখন একটা থ্রি-ডাইমেনশনাল মডেল-এর মতো হয়ে গেছে। বিন্দুগুলো একে অপরের সাথে জুড়ে যাচ্ছে, আবার পরক্ষণেই হারিয়ে যাচ্ছে কোনও একটা ব্ল্যাক হোল-এ। ২২ বছর আগের সেই জগনের মৃত্যু, চন্দ্রলেখার রহস্যময় অসুস্থতা, আর ডাক্তার শাশ্বত বিশ্বাসের উধাও হয়ে যাওয়া—এই সবকিছুর মধ্যেই লুকিয়ে আছে আসল সত্যটা।
মতিলাল মাথা নাড়লেন। ঠিক বলেছো ভায়া। আর ওড়িশার সেই শঙ্কর মহারাজ। যেহেতু ও পরিবারের কূলগুরু, সুতরাং ধরে নেওয়া যায়, চন্দ্রলেখার বাবার রোষ থেকে তিনি ছাড় পেয়েছেন। এটাও আশা করা যায়, তিনি এখনও জীবিত রয়েছেন।
- ঠিক, বিক্রম বলল, এই যে নবীণ সন্ন্যাসীর কথা উঠে আসছে, যে কিনা বড় মেয়ে চন্দ্রজার সঙ্গে একাধিকবার দেখা করেছে, সে এই মুহূর্তে একমাত্র জীবিত এবং ভিসিবল মিসিং লিঙ্ক যাকে খুঁজে বের করলে অতীতের ব্ল্যাক হোল থেকে

কিছুটা আলো বের করে নিয়ে আসা সম্ভবপর হবে।
মতিলাল বললেন, কারেক্ট ভায়া। আই এগ্রি উইথ ইওর অ্যানালিসিস। আমাদের তো কিছু কাজ রয়েছেই। কিন্তু রাঘব আর শেখরের ওপর দায়িত্বটা অনেক বেশি।
মতিলাল ঘুরে বসলেন, তাঁর দুই সহকারীর দিকে। বললেন, ওকে বয়েজ, মন দিয়ে শোনো। পিরিয়ডটা প্রায় কুড়ি-বাইশ বছর আগের। তখন কোনও ডিজিটাল ফুটপ্রিন্ট ছিল না, মোবাইল টাওয়ারের পিং পাওয়ার গল্পও নেই। আমাদের পুরনো কায়দায় ধুলো ঘাঁটতে হবে। রাঘব, তোমার কাজ শুরু হবে মেডিক্যাল কাউন্সিল-এর রেজিস্টার দিয়ে। ২০-২৫ বছর আগে ডাক্তার শাশ্বত বিশ্বাস কোথায় প্র্যাকটিস করতেন, কোন কোন হাসপাতালে যুক্ত ছিলেন—সব রেকর্ড আমার চাই। ওঁর সেই অ্যাক্সিডেন্টে কি আদৌ রেকর্ড হয়েছিল? পুরনো খবরের কাগজের আর্কাইভস বা ট্রাফিক পুলিশের রেকর্ড চেক করো। কোনও একটা সূত্র তো থাকবেই। অলসো কালেক্ট দ্য অটোপসি রিপোর্ট।
রাঘব মাথা নাড়ল, ওকে স্যার।
মতিলাল এবার শেখরের দিকে ফিরলেন, শেখর, তোমার কাজটা আরও ট্রিকি। ভট্টাচার্য ফ্যামিলির সেই কুলগুরু শঙ্কর মহারাজকে খুঁজে বের করতে হবে। ওড়িশার ভুবনেশ্বর বা কটকের পুলিশ হেডকোয়ার্টারের সাথে যোগাযোগ করো। ওই এলাকার পরিচিত আশ্রম আর মঠগুলোতে খোঁজ নাও। অন্য কোনও প্রবীণ সন্ন্যাসী ওঁর নাম নিশ্চয়ই শুনে থাকেন। তবে মনে রাখবে, ওঁর হদিশ পেলেই কন্টাক্ট করবে না। স্রেফ লোকেশনটা কনফার্ম করো। বাকিটা আমি আর বিক্রম দেখব।
মতিলাল এবার কামেশ্বরের দিকে তাকালেন, কামেশ্বর, তোমার ওপর সবথেকে বড় দায়িত্ব। তোমাকে যেতে হবে পুলিশের আর্কাইভস-এ। জগনের সেই অস্বাভাবিক মৃত্যুর ফাইলটা খুঁজে বের করো। ওটা সুইসাইড বলে ধামাচাপা দেওয়া হলেও অরিজিনাল পোস্ট-মর্টেম রিপোর্টটা আমার চাই। কোন ডাক্তার অটোপসি করেছিলেন? আর বডি হ্যান্ডওভার করার আগে কে সুরতহাল করেছিল? জয়ন্ত নারায়ণ ভট্টাচার্য খুব প্রভাবশালী মানুষ ছিলেন, উনি নিশ্চয়ই ফাইলটা লোপাট করার চেষ্টা করে থাকতে পারেন। কিন্তু পুলিশের রেকর্ডে কোথাও না কোথাও একটা চিহ্ন রয়েই যায়।
কামেশ্বর মৃদু হেসে মাথা নিচু করল, ওকে স্যার।
ওরা তিনজন বেরিয়ে যাওয়ার পর, বিক্রম এবার মতিলালের দিকে তাকিয়ে বলল, মতিবাবু, ভট্টাচার্য প্যালেসের ভেতরের লোকজন ছাড়াও আমাদের বাইরের পারিবারিক কানেকশনগুলো এবার দেখতে হবে। চন্দ্রলেখার স্বামী চন্দ্রশেখর তো অনেক বছর আগে মারা গেছেন। পরিবারে রয়েছে ওর ছোট ভাই মনুলাল। ওর সম্পর্কে কতটা জানা যাচ্ছে?
মতিলাল খুকখুক করে হাসলেন, শেডি ক্যারেকটার ভায়া। সোর্স বলছে, ওর সাথে চন্দ্রলেখার সম্পর্কটা ছিল হাফ-প্রেমিকের। একটা গুঞ্জন ছিল বাজারে।

দ্যাখো ভায়া, ক্রাইমের ইতিহাস বলছে, কিছু ভিকটিম থাকে যারা কিনা মার্ডারটা নানাভাবে ইনভাইট করে। চন্দ্রলেখা তো একটি কচি মেয়ে নয় যাকে টেড বান্টির মত একটা বিকৃত মস্তিষ্কের সিরিয়াল কিলার তুলে নিয়ে গিয়ে, ইয়ে, অত্যাচার করে মেরে দিল। এই দুটো ফ্যামিলির কানেকশন খুব পুরনোই শুধু নয়, দে আর শেয়ারিং মেনি কমন সিক্রেটস।
কথা শেষ করে মতিলাল শিস দিয়ে উঠলেন, যাই বলো, আর তাই বলো ভায়া, ইনভেস্টিগেশন মজা আসছে কিন্তু, তাই না? শুধু খারাপ লাগছে চন্দ্রলেখার দুটো নিষ্পাপ মেয়েদুটোর কথা ভেবে।
মতিলাল জিভ দিয়ে ছিকছিক করে আওয়াজ করে, মুখটা সামান্য তুলে চোখদুটো বন্ধ করলেন। তারপর গোঁপে তা দিয়ে হাঁক পাড়লেন, একরাম...।
মতিলালের বাবুর্চি একরাম মিঁঞা এসে দাঁড়াল দরজার একপাশে, ছোটখাটো, চটপটে মানুষ, বলুন স্যার।
মতিলাল জিজ্ঞেস করলেন, সকাল থেকে কটা কফি খেলাম ভাই একরাম?
- বারো কাপ, স্যার।
মতিলাল বললেন, ঠিক আছে, আর দুটো কাপ নিয়ে এসো। চিনি ছাড়া, ইনফিউশন, একদম যেমন তুমি কলেজ স্ট্রিটের কফি হাউসে বানাতে।
- ঠিক আছে স্যার, বলে একরাম ঘুরে দাঁড়াতে মতিলাল যোগ করলেন, ও হ্যাঁ, ভাল কথা, আজ বিক্রম ভাইয়া এখানেই লাঞ্চ সারবে। মুর্গির ঝোলটা একটু হালকা রেখো। ভেজিটেবল স্যুপ যেন থাকে।
একরাম বলল, জানি স্যার। ও আর বলতে হবে না।
বিক্রমের কানে অবশ্য কিছুই ঢুকছিল না। ওর মাথায় তখন ঘুরছে জয়ন্ত নারায়ণের ডায়েরির সেই লাইনটা—প্যাকেজ ডেলিভারড টু ওড়িশা।
ডাক্তার শাশ্বত বিশ্বাস আর শঙ্কর মহারাজের মধ্যে কি কোনও যোগ ছিল সেই সময়? অঙ্কের নিয়মে থাকতেই হবে। সেটাই কি এই গা ঘিনঘিনে, কলঙ্কিত পারিবারিক ইতিহাসে মূল রহস্যের চাবিকাঠি?
বিক্রমের চোয়াল শক্ত হলো। ঘুরে দাঁড়িয়ে ও বলল, মনুলালকে সবার আগে ডেকে পাঠান মতিবাবু। ওর সঙ্গে কথা বলা দরকার।
মতিলাল বললেন, সে তো পাঠাচ্ছি, কিন্তু হারামজাদাটার লাইনে তার আগে আড়ি পাততে হবে। এখানে আসার আগে ও কাকে কাকে ফোন করে, তা দেখা দরকার।

১৩. অবৈধ সম্পর্কের জের

ডিসেম্বরে কলকাতার ঠাণ্ডাটা বেশ অন্যরকম। উত্তর ভারতের মতো কামড়ানো শীত না হলেও এখানে একটা স্যাঁতসেঁতে, হাড়হিম করা ভাব থাকে। অনেকেরই হাত, পা, কান, মাথা ঝিম ধরে যায়। উত্তর দিকের কনকনে হাওয়াটা তীব্র হয়

বিকেল গড়িয়ে সন্ধ্যা নামলে। ভোরের দিকটায় তা তীব্র হয়।
এর সঙ্গে যদি যোগ হয় সেই ঘ্যানঘ্যানে ধোঁয়াটে ধুলোভরা কুয়াশা, যা শহরটাকে একটা ধোঁয়াশার চাদরে ঢেকে ফেলে, তখন মনে হয়, ধুস, এর থেকে গরমকালটাই ভাল ছিল।
মনুলালকে সকালেই ফোনে জানিয়ে দেওয়া হয়েছে মতিলালের বাংলোতে এসে দেখা করার কথা।
এবং একইসঙ্গে ওকে ইন্টারসেপশনে নেওয়া হয়েছে। সহজ করে বললে, যাকে বলা হয় - ওর ফোনে আড়ি পাতা হয়েছে।
মনুলাল ফোন পাওয়ার পরই যাকে ফোন করল, তার নাম চান্দু জোয়ারদার। এটা ছিল খুবই প্রত্যাশিত।
গোটা উত্তর কলকাতা জানে, চান্দু জোয়ারদার নটোরিয়াস ক্রিমিনাল - এবং ওর কুখ্যাতি গা জোয়ারি করার জন্যই। এ ব্যাপারে ওর দুই শাগরেদও কম যায় না। চান্দুর ডানহাত ছোনি। ওকে সবাই শ্যামবাজারের কসাই বলেই ডাকে। ও গুলি বন্দুকে বিশ্বাস করে না। ছুরি, ন্যাপালা, দা, কুড়ুল... মানুষ মারার সময় এসবই ওর ফেবারিট টুল।
আর ইদানীং খুব দ্রুত উঠে এসেছে ন্যাপা। একটু পাগলাটে, খামখেয়ালী। কখন কোমর থেকে দেশি লম্বা নলের পিস্তল বের করে গুলি চালিয়ে দেবে, তা জানাটা শিবের বাবারও অসাধ্য। বিশেষ ভাবে বানানো ওই দেশি পিস্তলের ভেতর থাকে রাইফেলের বুলেট। মাথায় একটা ঠুকে দিলেই স্বর্গবাস নিশ্চিত।
এদিক থেকে ফোন যাওয়ার কয়েক মিনিট পরেই মনুলাল চান্দুকে ফোনে ধরে বলল, এটা তোর প্রাইভেট ফোন তো? আর কেউ ধরে না তো?
- আমারটা আবার কে ধরবে? কেন স্যার, কী হয়েছে?
- আমার তো ডাক পড়েছে। আজ বিকেলে ওই টিকটিকিটার বাংলোতে যাচ্ছি।
- বেশ তো যান না। অত ঘাবড়াচ্ছেন কেন? আপনি তো কিছু জানেন না। কচি খোকা সেজে, মুখে কুলুপ এঁটে থাকবেন, চান্দু বলল।
- না, আমি তো কিছু জানি না। হেঁ হেঁ করে খানিক হাসল মনুলাল। কিন্তু তাতে ওর নার্ভাসনেসটাই আরও বেরিয়ে এল।
- তা ছাড়া আবার কী? চান্দু তেরিয়া গলায় বলল, কোনও এভিডেন্স তো নেই। আর যদি বলেন তো, বাড়ির বাকি দুটোকেও উড়িয়ে দিতে পারি। ওই বুড়োটা আর ছোকরাটাকে তো কিছুই বিশ্বাস নেই। কখন কী বলে বসে।
- আরে না, না, হাঁ হাঁ করে উঠল মনুলাল, এখন ওসব ঝামেলা বাড়াস না। দেখি না যাই, ঢেঁটিয়া টিকটিকিটা কী বলে শোনাই যাক না?
এবার চান্দু গলায় একটু চিন্তার সুর লাগল, একটু দেখে আসবেন তো, টিকটিকিটার সঙ্গে নাকি এখন আরও কে একটা জুটেছে। সেন্ট্রাল এজেন্সির লোক কিনা, বোঝা যাচ্ছে না। বুঝতে পেরেছেন তো কার কথা বলছি।
মনুলাল বলল, বুঝেছি, ওই এডিটর মার্ডার কেসটাতেও তো লোকটা ছিল। ওর ছবিও তো কাগজে বেরিয়েছিল। দেখে তো আর্মির লোক বলেই মনে হয়।

- পাত্তা লাগান স্যার। নইলে পরে খুব ঝামেলায় পড়তে হয়। একটু মাল খসান, সব বেরিয়ে যাবে। ওদের মুভমেন্টটা আগাম জানা থাকলে সুবিধা হয় আমাদের। আর ওই টিকটিকিটা তো মহা হারামি, না বলে কয়ে দুমদাম উড়িয়ে দেয়। একটা ওয়ার্নিং পর্যন্ত দেয় না।

- ঠিক আছে, রাখছি। ফোনে বেশি কথা না বলাই ভাল। পরে সন্ধের দিকে দেখা করিস। তখন মুখোমুখি কথা হবে।

- ওকে স্যার। চান্দু ফোন রেখে দিল।

ওদের প্রেমালাপ শুনে মতিলাল খুকখুক করে হাসতে লাগলেন, কী বুঝলে ভায়া?

বিক্রম হেসে বলল, গণ্ডগোল মতিবাবু, ঘোরতর গণ্ডগোল। আপনি একটু গ্রিন সিগন্যাল দিন না, আমি গিয়ে চান্দুকে আমার পরিচয়টা দিয়ে আসি।

- সিগন্যাল অন আছে ভায়া। শুধু একটু সবুর করে যাও। মতিলাল উঠতে উঠতে বললেন, চলো, শীতকালের সেই বিখ্যাত জল না ছুঁয়ে ড্রাই ওয়াশটা সেরে ফেলা যাক।

বিক্রম বলল, বাব্বা, আপনি স্নানের সময় জল ছোঁন? আমি তো দূর থেকে একটা নমস্কার ঠুকে বেরিয়ে আসি। তবে বিষ্ণু থাপা কী করে জানেন?

- কী করে?

- এমনভাবে গায়ে ঠাণ্ডা জল ঢালে যে মনে হবে, প্রেমিকাকে আদর করছে।

খুকখুক করে হাসতে লাগলেন মতিলাল, আরে ভায়া, ও নেপালি গুর্খা, ওদের নিয়ম কানুন আলাদা। আমরা হলুম গিয়ে ভেতো বাঙালি। তুমি আর তোমার ওই রহস্যময় বন্ধু, পিজি, অবশ্য এই দলে পড়ো না।

লাঞ্চ সারার পর, বারান্দায় রোদ পোয়াতে পোয়াতেই মতিলাল ও বিক্রম দূর থেকে দেখল, মনুলালের গাড়ি ঢুকছে বাংলোর বাগান পেরিয়ে।

তার আগে দুজন হালকা করে হোম ওয়ার্ক সেরে রেখেছে এই মনুলাল চক্রবর্তীর পরিবার নিয়ে।

মতিলাল ফ্যামিলির হিস্ট্রি শোনাচ্ছিলেন বিক্রমকে, চন্দ্রলেখা যখন কলেজের ফার্স্ট ইয়ারে, তখন, মনুলালের দাদা, চন্দ্রলালের সঙ্গে ওর বিয়ে দেওয়া হয়। দুজনের মধ্যে বয়সের তফাত ছিল চোখে পড়ার মত। প্রায় পঁচিশ বছর। চন্দ্রলেখা যে কলেজে ইতিহাসে অনার্স নিয়ে পড়ত, সেখানেই অধ্যাপনা করত চন্দ্রলাল। তার বাবা পানুলাল চক্রবর্তী ছিল চন্দ্রলেখার বাবা জয়ন্ত নারায়ণের সবথেকে শাঁসালো ক্লায়েন্ট। ডিফেন্স ল-ইয়ার হিসেবে জয়ন্ত বহুবার পানুলালকে জেলযাত্রা থেকে বাঁচিয়েছে। ফলে পানুলালের দিক থেকে কৃতজ্ঞতাটা ছিল অপরিসীম। তার ছিল নানা ধরনের অবৈধ ব্যবসা ও অগাধ টাকা।

জয়ন্ত নারায়ণের বুদ্ধিতে পানুলাল একটি গরীব মেয়েদের জন্য অবৈতনিক স্কুল খোলে। এটা ছিল জয়ন্ত নারায়ণের মাস্টারস্ট্রোক। পানুলালের ভাবমূর্তিতে পালিশ লাগানোর জন্য এর থেকে ভাল ছক আর কী হতে পারে?

ততদিনে দুজনের বন্ধুত্ব আরও প্রগাঢ় হয়েছে। জয়ন্তের বুদ্ধি না নিয়ে আর একটি পাও ফেলেন না পানুলাল।
ফলে দুটি ফ্যামিলির এই বন্ধনকে আরও পোক্ত ও কাছাকাছি করার লক্ষ্যে দুই পরিবারের ছেলে মেয়ের মধ্যে বিয়ের আয়োজন করা হল। কূলগুরু শঙ্কর মহারাজের উপস্থিতিতে খুবই ধুমধাম করে বিয়ে হয়ে গেল।
তারপর এল পরপর দুটি কন্যা সন্তান - চন্দ্রজা ও চন্দ্রিমা।
তারা জন্মানোর আগেই অবশ্য চন্দ্রলেখা ওই পারিবারিক স্কুলটির হেড মিসট্রেস হয়েছেন। চন্দ্রলালের ভাই মনুলাল ছিল চন্দ্রলেখারই বয়সী, হয়তো দু-এক বছরের বড়।
ফলে বিয়ের পর দাদা, ভাই দুজনকেই ট্যাঁকে পুরতে চন্দ্রলেখার বেশি সময় লাগেনি। পরপর দুটি কন্যা সন্তানের পর চন্দ্রলাল আচমকাই ঠিক করলেন, প্রকৃতি পুরুষকে যে অঙ্গটি দেয় দুটি কাজের জন্য, তার মধ্যে একটার ব্যবহার তিনি বন্ধ করে দেবেন। শুধুমাত্র মাইনাস করার কাজেই ওটি তিনি ব্যবহার করবেন।
ফলে স্বামী ও স্ত্রীর মধ্যে যেটুকু বন্ধন ছিল, তাও ছিঁড়ে গেল, চন্দ্রলেখার তখন চোখ পড়ল তারই স্কুলে সদ্য-নিযুক্ত অল্পবয়সী বিপ্লবের দিকে। পারিবারিক ইতিহাস বলার সময় এই জায়গাটিতে এসে মতিলাল খুকখুক করে হাসলেন ও যোগ করলেন, বুঝলে ভায়া, পুরুষদের ব্যাপারে চন্দ্রলেখা ছিল মাল্টি টাস্কার।
বিক্রম বলল, সোজা বাংলায় মালটি বিশেষ সুবিধের ছিল না, এই তো?
মতিলাল বললেন, ঠিক ধরেছো। সব সময় একাধিক পুরুষ চাই ওর, এবং বিভিন্ন ধরনের। কিন্তু বেচারা ভুল জায়গায় জন্মে গেছে। আমাদের দেশটাতো আর আমেরিকা নয়, যে গুচ্ছের ডেটিং অ্যাপে গুচ্ছ গুচ্ছ পুরুষ মানুষ মুখিয়ে বসে আছে শারীরিক ঘনিষ্ঠতা করার জন্য।
তারপরের ইতিহাস সংক্ষিপ্ত। সব দেখেশুনে চন্দ্রলালের বেঁচে থাকার ইচ্ছেটাই চলে গেল।
তিনি মারা গেছেন বছর পনেরো আগে। তাঁর ছোট ভাই মনুলাল চক্রবর্তীর সাথে চন্দ্রলেখার সম্পর্কটা নিয়ে বাজারে অনেক মুখরোচক গসিপ ছিল তার আগে থাকতেই। বিপ্লবকে নিয়ে লোকে অত মাথা ঘামাত না, কারণ ও ছিল অনেকটা ভট্টাচারিয়া প্যালেসের আরও পাঁচটা কাজের লোকের মত। দূর থেকে মনুলালকে আসতে দেখে মতিলাল চুপ করে গেলেন।
মনুলাল বাংলোর সিঁড়ি দিয়ে উঠতে উঠতে হাত জড়ো করে নমস্কার করলেন বসে থাকা মতিলাল ও বিক্রমকে।
পরে আছে যদিও ধোপদুরস্ত পোশাক, চোখেমুখে একটা অস্থির ভাব মনুলালের।
বিক্রম বারান্দার রেলিংয়ের ওপর উঠে, একটি পিলারের গায়ে পিঠ ঠেকিয়ে বসেছিল। ভাবখানা এমন যে এই কথোপকথন পর্বে ওর বিশেষ কোনও আগ্রহ নেই।

মতিলাল বসে বসেই বললেন, বসুন মনুবাবু। একটু কফি চলবে না কি?
মনুলালকে ইতস্তত করতে দেখে মতিলাল খুকখুক করে হেসে বললেন, ভয় নেই, বিষ মেশানো নয়।
মনুলাল হেঁ হেঁ করে হেসে বললেন, আপনার মতো মানুষ যে অমন কাজ করবে না, সে আমি বিলক্ষণ জানি।
দূর থেকে বিক্রম টিপ্পনি কাটল, এর থেকে অনেক খারাপ কাজ উনি করিয়া থাকেন। সুতরাং অতটা নিশ্চিন্ত হবেন না। আমি তো এজন্য কফি চা, কিছুই খাই না এই বাড়িতে।
মতিলাল তাঁর স্বভাবসিদ্ধ খুকখুক করে হেসে বললেন, আলাপ করিয়ে দিই, ক্যাপ্টেন বিক্রম দেব। আমার ছোট ভাই বলতে পারেন। ফরেনসিক সাইকোলজি নিয়ে উনি বই লিখছেন। এই আপনার মতো ক্রিমিনালদের, থুড়ি, স্যরি, আপনার মতো নয়, ওভারঅল ক্রিমিনালদের ওপর উনি গবেষণা করেন, তাই পুলিশের জেরায় কখনও সখনও উপস্থিত থাকেন। অংশও নেন। দেখুন, আপনার আপত্তি নেই তো?
মনুলাল বললেন, আরে না, না। এটা কোনও কথা হল। নিজেদের মধ্যে ব্যাপার। আপত্তি থাকবে কেন?
বিক্রম আকাশের দিকে মুখ তুলে বলল, আপত্তি থাকলেই বা শুনছে কে? আমি ছিলাম, আছি, থাকব।
তড়াক করে রেলিং থেকে লাফিয়ে নামল বিক্রম। সোজা চলে গেল মনুলালের গাড়ির দিকে। হাঁটুমুড়ে বসে, মাথা নামিয়ে, সামনের ও পেছনের চাকাগুলো দেখতে লাগল।
ফিরল যখন, তখন মতিলাল খেয়াস করলেন, বিক্রমের ভুরূদুটি কুঁচকে আছে। কিছুক্ষণ পর ফিরে এসে সিঁড়ি দিয়ে উঠতে উঠতে বিক্রম বলল, এই গাড়ি কি শুধু আপনিই চালান মনুবাবু?
মনুলালের মুখটা একটু ফ্যাকাশে হয়ে গেল, ইয়ে, মানে, না। মাঝে মাঝে ড্রাইভারও চালায়।
মতিলাল জিজ্ঞেস করলেন, কেন ভায়া, কিছু দেখতে পেলে না কি?
বিক্রম দীর্ঘশ্বাস ফেলে বলল, এই সেম টায়ারের দাগ দুটো মার্ডার স্পটে দেখেছি কিনা। না, না আপনি ঘাবড়াবেন না চক্কোত্তি মশাই। এমন গাড়ি কলকাতায় কয়েক হাজার চলে। কোর্টে এই এভিডেন্স ধোপে টিকবে না।
মতিলাল বললেন, উনি মোটেও ঘাবড়াননি ভায়া। উনি একটু ভয় পেয়ে গেছিলেন, তাই না মনুবাবু?
- ভয়? না, না, ভয় পাব কেন? মনুলাল আপ্রাণ স্বাভাবিক হওয়ার চেষ্টা চালাতে লাগল।
মতিলাল বললেন, ভয় পাওয়ার মত কাজ না করলে ভয় পাওয়ার কোনও কারণও ঘটে না। তবে ভট্টাচার্য প্যালেসে যা ঘটে গেল, তা কিন্তু ভয় পাওয়ার মতই ঘটনা। আপনার কী মত?

মনুলাল নিজের টাই ঠিক করতে করতে বললেন, ভয়ংকর ট্র্যাজেডি স্যার। আমি তো স্তম্ভিত।
- কেন, কেন, স্তম্ভিত কেন? মতিলাল জিজ্ঞেস করলেন। আপনি কিছুই আঁচ করেননি?
- মানে? মনুলাল হঠাৎ দপ করে জ্বলে উঠেও নিভে গেল, এই কথার মানে কী? আমাকে কি ক্রিমিনালের মতো মনে হচ্ছে যে আগাম এসব আঁচ করব? ওটা একটা ট্র্যাজেডি। আমার আশা আপনারা অপরাধী খুঁজে বের করে ফেলবেন।
বিক্রম দূর থেকে বলল, অপরাধী খুঁজে বের করে ফেলেছি। এবার অপরাধের কারণটা খুঁজে বের করা দরকার।
মনুলাল কাঁধ ঝাঁকাল, সে আপনাদের ব্যাপার। আমি আর কী বলব। আমি কিছু জানি না।
মতিলাল এবার চেয়ারে বসেই সামান্য সামনে ঝুঁকে বললেন, কিছুই কি জানেন না মনুবাবু? সেক্ষেত্রে আমরা আপনার ইনকাম ট্যাক্স ফাঁকি দেওয়ার পুরনো ফাইলগুলো খুলতে পারি। আদালতে অনেক কেস পেন্ডিং আছে আপনার, তার মধ্যে একটা হিউম্যান ট্র্যাফিকিং আর নারকো রিলেটেড। এর সঙ্গে যদি হোমিসাইড যোগ হয়...
মনুলাল দমে গেলেন। মাথা নিচু করে বসে রইলেন কিছুক্ষণ। তারপর সরাসরি তাকালেন মতিলালের দিকে, আপনি কী চাইছেন?
মতিলাল খুকখুক করে হাসলেন, একটা ফেয়ার ডিল। আপনি বলে দিন, কারা এইসব মার্ডারে জড়িত। রাজসাক্ষী হন। আমরা আপনাকে প্রোটেকশন দেব। শুধু আমরা যা বলব, শুনতে হবে।
মনুলালকে চিন্তিত দেখাল।
বিক্রম বলল, একটা কথা বলুন তো মনুবাবু, আপনার বড় ভাই চন্দ্রশেখর যে মারা গেলেন বছর পনেরো আগে। সেটা কি স্বাভাবিক মৃত্যু ছিল?
মনুলাল থতমত খেয়ে বললেন, কেন অস্বাভাবিক হবে কেন? দাদা তো শ্বশুরবাড়িতে, আই মিন, ভট্টাচারিয়া প্যালেসেই মারা গিয়েছিলেন। হার্ট অ্যাটাক হয়েছিল। বৌদিই সব ভালো বলতে পারতেন।
- কিন্তু বৌদি তো এখন মৃত, মনুবাবু। তিনি আর মুখ খুলবেন না, বিক্রমের চোখ তীক্ষ্ণ হলো। বলল, আপনার সাথে চন্দ্রলেখার সম্পর্কটা ঠিক কেমন ছিল? দাদার মৃত্যুর আগে এবং পরে?
মনুলাল একটু ইতস্তত করে বললেন, খুব ভালো সম্পর্ক ছিল। আমি মেয়ে দুটোকেও খুব ভালোবাসতাম।
মতিলাল সামান্য খোঁচা দিলেন, কিন্তু মেয়েদের লোকাল গার্ডিয়ান আর টিউটর হিসেবে তো বিপ্লবকে রাখা হয়েছিল। আপনি তখন কোথায় ছিলেন?
মনুলালের মুখটা লাল হয়ে গেল, বিপ্লবের মা আমার দূর সম্পর্কের পিসী। ওর বাবা মারা যাওয়ার পর, ওদের হেল্প করার জন্য বিপ্লবকে স্কুলে একটা কাজ দেওয়া হয়। আমি নিজের কাজে ব্যস্ত থাকতাম। তবে আমি মাঝে মাঝে

আসতাম, মেয়েদের ড্রাইভ-এ নিয়ে যেতাম। বিপ্লব তো স্রেফ একটা ডোমেস্টিক অ্যারেঞ্জমেন্ট।
মতিলাল এবার চেপে ধরলেন, মনুবাবু, লুকোছাপা করবেন না। চন্দ্রলেখার সাথে আপনার কি কোনও রোম্যান্টিক রিলেশনশিপ বা ইলিসিট অ্যাফেয়ার ছিল?
মনুলাল একটা দীর্ঘশ্বাস ফেলে ফিসফিস করে বলল, হ্যাঁ। ছিল। দাদার মৃত্যুর পর থেকেই এটা গড়ে উঠেছিল।
- সেই কারণেই কি আপনার স্ত্রী আপনাকে ছেড়ে বাপের বাড়ি চলে গেছেন? এবার প্রশ্নের পালা বিক্রমের।
মনুলাল মাথা নিচু করে সায় দিলেন, ডিভোর্সের মামলা চলছে।
বিক্রম এবার মোক্ষম প্রশ্নটা ছুঁড়ল। আপনি কি জানতেন চন্দ্রলেখা প্রেগন্যান্ট ছিলেন?
এই এক প্রশ্নে মনুলাল পাথর, তাঁর মুখ থেকে রক্ত সরে গিয়ে ফ্যাকাশে হয়ে গেল।
বিক্রম কয়েক সেকেন্ড সময় দিল ওকে। শকটা হজম করার জন্য। তারপর বলল, পোস্ট-মর্টেম রিপোর্টে কনফার্মড যে তিনি পাঁচ মাসের প্রেগন্যান্ট ছিলেন। যেহেতু আপনাদের মধ্যে সম্পর্ক ছিল, তাই আপনিই বাবা বলে ধরে নেওয়া হচ্ছে।
মনুলাল এবার ভেঙে পড়লেন, ওকে, ওকে। আমি জানতাম। মাস কয়েক আগে ও আমায় বলেছিল। ওটা একটা মস্ত বড় ঝামেলা হয়ে দাঁড়িয়েছিল আমাদের জন্য।
- কেন? বিক্রমের প্রশ্ন।
- আমি ডিভোর্স না পেলে বিয়ে করার প্রশ্ন নেই। বুঝতেই পারছেন। এই সময় একটা বাচ্চা মানে মারাত্মক কেলেঙ্কারি। আমরা ঠিক বুঝে উঠতে পারছিলাম না কী করব। চন্দ্রলেখা... আই মিন, বৌদি চেয়েছিল বাচ্চাটা হোক।
এবার মতিলালের চোখ সরু হয়ে এল, পাঁচ মাসের আগেই ও জানতে পারল কী করে যে ওটা ছেলে? আপনি নিশ্চয়ই ওকে নিয়ে কোনও ইললিগ্যাল সেক্স-ডিটারমিনেশন টেস্ট করিয়েছিলেন?
মনুলাল বিড়বিড় করে বললেন, হ্যাঁ। আমিই নিয়ে গিয়েছিলাম। ও জেদ ধরেছিল তাই। আমি তো ওকে বাচ্চাটা নষ্ট করতে বলিনি স্যার।
- লাস্ট কবে দেখেছিলেন চন্দ্রলেখাকে? বিক্রম সরাসরি জানতে চাইল।
- খুনের দিনই বিকেলে, মনুলাল দীর্ঘশ্বাস ফেলে বলল, আমাদের মধ্যে একটু কথা কাটাকাটি হয়েছিল।
মতিলাল বিক্রমের দিকে তাকালেন। বিক্রম মাথা নাড়ল।
মতিলাল বললেন, ঠিক আছে, আজ আপনি যেতে পারেন, মনুবাবু। তবে শহর ছেড়ে বাইরে কোথাও যাবেন না। আর আমি যেটা বললাম, সেটা নিয়েও ভাবুন। রাজসাক্ষী হলে আমি আপনাকে বাঁচানোর চেষ্টা করব।

মনুলাল কিছু না বলে থমথমে মুখে উঠে দাঁড়াল। দুজনকেই ফের নমস্কার জানিয়ে ধীরে ধীরে নেমে গেল সিঁড়ি দিয়ে।

১৪. ওড়িশায় অজানা অভিযান

এই শীতের সাত সকালেই হাওড়া স্টেশনের প্ল্যাটফর্ম যেন জনসমুদ্র।
বাইরে রাস্তা জনশূন্য। কুয়াশার চাদরে মোড়া। কিন্তু বিশ্বের অন্যতম ব্যস্ত হাওড়া স্টেশনে যে প্ল্যাটফর্মে পুরী যাওয়ার ট্রেন ঢোকার কথা, সেটি একেবারে গমগম করছে।
কান পাতলে নানা ধরনের কথাবার্তার ভিড়ে সবথেকে বেশি শোনা যাবে চা-ওলার চিৎকার, এই চায়ে, চায়ে, গরম চায়ে।
এরই মধ্যে একটি মহিলা কণ্ঠ চেঁচিয়ে উঠল, এই চায়ে, ইধার আও।
আরকজন মহিলা কাকে যেন বলে উঠল, এই কুমি, জলের বোতলটা ভুলিসনি তো?
একটি কিশোরী বলে উঠল, এই যাঃ, বোতলটা তো খাওয়ার টেবিলে বসানো ছিল, তুমি নাওনি?
ঝাঁঝিয়ে উঠে মহিলা কণ্ঠটি জবাব দিল, সবই যদি আমি করব, তাহলে তুমি কী করবে সোনা?
মেয়েটি বলল, বারে, আমার তো শুধু বেড়াতে যাওয়ার কথা।
মা বোধহয় আরও কিছু বলতে যাচ্ছিল, তার আগেই ওদের মধ্যে চা-ওলা ঢুকে পড়ে বলল, কটা চা মাজি?
বিক্রমের মনে পড়ে যাচ্ছিল ছোটবেলার কথা। তখন তো এমন সকালে ট্রেন ছিল না, দিনের দিন পুরী পৌঁছনো যেত না। রাতে ট্রেনে চাপলে পরদিন সকাল গড়িয়ে দুপুর লেগে যেত।
আর এখন? বন্দে ভারতে চাপলে ৬ ঘণ্টার মধ্যে পুরী হাজির।
তবে বিক্রমরা এই যাত্রায় নেমে পড়বে ভুবনেশ্বরে। সেখানকার এসপি গুণেশ্বর মহাপাত্র ছিলেন আইপিএস ক্যাডারে মতিলালের ব্যাচমেট।
তিনি গাড়ির ব্যবস্থা করে রেখেছেন। আরও চারজন কনস্টেবল দেওয়ার প্রস্তাবও দিয়েছিলেন, বিক্রম রিফিউজ করেছে।
বিক্রমের সঙ্গী আলোক, খুব এফিসিয়েন্ট সাব-ইন্সপেক্টর। ঠিক আছে, অলোকই গাড়ি চালাবে। ওরা ভুবনেশ্বর থেকে যাবে গোপালপুর।
গোপালপুর অন সি।
গোপালপুরের আশেপাশে একটি অনাথ ছেলেমেয়েদের আশ্রমের সন্ধান পাওয়া গেছে - কর্ণধারের নাম শঙ্কর মহারাজ।
শেষ মুহূর্তে প্ল্যানে কিছু চেঞ্জ করা হয়েছে। শেখরকে কলকাতায় এখন বেশি দরকার। রাঘবের সঙ্গে থাকা, কামেশ্বরকে গাইড করা, ফরেনসিক টিমের সঙ্গে যোগাযোগ রাখা, কাজ ক্রমশ বাড়ছে।

মনুলালের গাড়ি গতরাতেই বাজেয়াপ্ত করে ফরেনসিকের জন্য পাঠানো হয়েছে। মতিলাল ও বিক্রম একমত যে চন্দ্রলেখার দুই মেয়ের ডেডবডি ওই গাড়িতে চাপিয়ে এনেই ডাম্প করা হয়েছিল।
ভালো করে খুঁজলে কিছু না কিছু ডিএনএ এভিডেন্স মিলবেই।
বিক্রম নিজের জ্যাকেটের কলারটা আরও উঁচিয়ে নিল। পাশে দাঁড়িয়ে আলোক বলল, এই কুয়াশায় ট্রেন লেট করবে স্যার।
ঠাণ্ডা কমাতে আলোক নিজের হাত ঘষতে ঘষতে বলল। বিক্রম কোনও উত্তর দিল না, একবার হেসে ওর পিঠ চাপড়ে দিল।
ওর চোখ তখন ডিসপ্লে বোর্ডের দিকে। বন্দে ভারত-এর খবর দেখা যাচ্ছে না।
বিক্রম বিড়বিড় করে বলল, দেরি হলেও ক্ষতি নেই আলোক। শঙ্কর মহারাজ কোথাও পালাবে না। লোকটা এখনও বেঁচে থাকলে হয়।
লেট করেনি বন্দে ভারত।
ভুবনেশ্বর স্টেশনে নেমেই ওরা ডিরেক্টর জেনারেল অফ পুলিশ (DGP) মহাপাত্রের অফিসে গেল।
মহাপাত্র দীর্ঘকায় মানুষ, নাকটা একটু চাপা, মুখের হাসিটা মাপা।
মহাপাত্র আলোকের জন্য এক কাপ কফি আর বিক্রমের জন্য গ্রিন টি অফার করে বললেন, মতিলাল কাল ফোন করেছিল। কেসটা বেশ অদ্ভুত। আমরা শঙ্কর মহারাজের ব্যাপারে কিছু খোঁজ নিয়েছি। গোপালপুরের কাছে সমুদ্রের ধারে ওঁর মূল আশ্রম আর তার লাগোয়া অনাথাশ্রম আছে। বেশ নির্জন এলাকা। বহু বছর ধরে ওটা চলছে। এমনিতে মানুষটার সুনাম রয়েছে।
বিক্রম বলল, কিন্তু হিসেব মত, বেঁচে থাকলে ওঁর বয়স তো নব্বইয়ের কাছাকাছি হওয়ার কথা।
মহাপাত্র মাথা নাড়লেন, এটা এত তাড়াতাড়ি কনফার্ম করা যায়নি। আপনার যা দরকার হবে, গোপালপুর থানার ওসি মোহান্তিকে বলা আছে। কোনও অসুবিধে হবে না।
বিক্রম ম্যাপটা দেখে নিল। বলল, পুলিশের পরিচয় না দিয়ে স্রেফ ভিজিটর হিসেবেই যাব। কায়দা করে শঙ্কর মহারাজের কথাটা জানতে হবে।
ভুবনেশ্বর থেকে গোপালপুর যাওয়ার পথে আবহাওয়া বদলে গেল। সমুদ্রের লোনা হাওয়া আর নারকেল গাছের সারি বলে দিচ্ছে ওরা উপকূলের কাছে পৌঁছেছে।
বিকেলের দিকে গোপালপুরের একটা হোটেলে চেক-ইন করার পর বিক্রম মতিলালকে ফোন করল।
ফোনে ওপারে মতিলালের গলা পাওয়া গেল, কী খবর ভায়া? পৌঁছেছো?
- হ্যাঁ মতিবাবু। কাল সকালে আশ্রমে হানা দেব।
মতিলাল বললেন, তোমার অ্যাসিট্যান্টকে বলবে যেন সিভিল ড্রেসে যায়। বলবে তোমরা একটা বাচ্চা অ্যাডপ্ট করতে চাও। শঙ্কর মহারাজের নাম খুব সাবধানে নেবে। মনে রাখবে, ওটা একটা কাল্ট। স্থানীয় মানুষের খুব শ্রদ্ধা

আছে ওঁর ওপর।
পরদিন সকালে সমুদ্রতীর থেকে বেশ কিছুটা দূরে গাড়ি পার্ক করে বিক্রম আর আলোক হেঁটে আশ্রমের দিকে গেল।
সাদা রঙের সাদামাটা কিছু বিল্ডিং, চারদিকে প্রচুর গাছ।
দূর থেকে ভেসে আসছে সমুদ্রের ঢেউ ভেঙে পড়ার আওয়াজ।
গেরুয়া রঙের পোশাকে কয়েকজন সন্ন্যাসী ঘুরে বেড়াচ্ছেন, আর একদল বাচ্চা ইউনিফর্ম পরে দৌড়োদৌড়ি করছে।
বিক্রমের ভাল লাগল পরিবেশটা। খুব শান্ত, অথচ বিক্রমের ইনস্টিংক্ট বলছে এখানেই লুকিয়ে আছে অতীতের অনেক না বলা কাহিনী।
গেট দিয়ে ভেতরে ঢুকতেই একজন তরুণ সন্ন্যাসী ওদের দিকে এগিয়ে এলেন। মাথা কামানো, শান্ত চোখ, কিন্তু ব্যক্তিত্বে একটা অদ্ভুত কাঠিন্য আছে।
- নমস্কার। আপনাদের কীভাবে সাহায্য করতে পারি? সন্ন্যাসীর চোখে একরাশ কৌতুহল।
বিক্রম বলল, আমরা অনেক দূর থেকে আসছি। এই আশ্রমের খুব নাম শুনেছি। শঙ্কর মহারাজের আশীর্বাদ নিতে চাই। উনি কি আছেন?
সন্ন্যাসীর চোখে এক পলকের জন্য একটা ছায়া খেলে গেল। বিষণ্ণতা? নাকি অন্য কিছু?
নিচু গলায় তিনি বললেন, শঙ্কর মহারাজ খুব অসুস্থ। ওঁর অবস্থা আশঙ্কাজনক। উনি এখন কারও সঙ্গে দেখা করতে পারছেন না। আই অ্যাম সরি।
বিক্রমের মনে একটু খটকা লাগল না যে তা নয়।
ঠিক এই সময়টাতেই শঙ্কর মহারাজ অসুস্থ হয়ে পড়লেন? কলকাতা থেকে কোনও নির্দেশ এসেছিল? আশ্রমের ফোনের রেকর্ড হাতে না এলে কিছু বলা যাবে না। ওঁর মুখ কি বন্ধ রাখা হয়েছে?
- ওহ, খুব খারাপ খবর, বিক্রম চাপা গলায় মেপে কথাটা বলল।
তারপর যোগ করল, এখন এই আশ্রমের দায়িত্বে কে আছেন? আমার এই বন্ধুর জন্য একটি বাচ্চা অ্যাডপ্ট করার বিষয়ে কথা বলতে এসেছিলাম। আমাদের রেফারেন্স আছে, এ ব্যাপারে কার সঙ্গে কথা বলা যায়?
তরুণ সন্ন্যাসী মাথা ঝুঁকিয়ে নমস্কার করে বলল, এখন আমিই ইন-চার্জ। আমার নাম জগদানন্দ। লোকজন আমায় জগন মহারাজ বলে ডাকে।
জগন মহারাজ?
বিক্রম আর আলোক মুখ চাওয়াচাওয়ি করল এক মুহূর্তের জন্য।
বিক্রম সন্ন্যাসীর মুখের দিকে ভালো করে তাকাল। বয়স কুড়ি-বাইশের বেশি হবে না। বুদ্ধিদীপ্ত চোখ আর চোয়ালের গড়নে দৃপ্ততা।
২০ বছর বছর আগেকার সেই জগন... কি কাফকার মেটামরফসিসের কল্যাণে আজকের এই জগদানন্দ?
ওড়িশায় যে প্যাকেজ ডেলিভারি করা হয়েছিল... তবে কি এই ছেলেই সেই প্যাকেজ? জগন আর চন্দ্রলেখার সেই নিষিদ্ধ সম্পর্কের ফল?

বিক্রম মিনিট খানেক বাচ্চার অ্যাডপশন নিয়ে নানারকম এতোলবেতোল কথা চালিয়ে আলোককে নিয়ে যখন বেরিয়ে এল তখন শীতের সূর্য প্রায় মাঝ আকাশে।

গোপালপুরের হোটেলে ফিরেই ও আবার মতিলালকে ফোন লাগাল। ফোনের কানেকশনটা একটু খারাপ ছিল, সমুদ্রের বাতাসের সোঁ সোঁ শব্দ ঢুকে পড়ছে। উল্টোদিক থেকে ক্ষীণ গলা ভেসে এল মতিলালের, বলো ভায়া। লাইনটা গড়বড় করছে। এদিকে অনেক গরম ডেভেলপমেন্ট আছে, তুমি এলে কথা হবে। ওদিকে কী হল বলো।

বিক্রম বলল, শঙ্কর মহারাজ মৃত্যুশয্যায়, কথা বলতে পারছেন না। কিন্তু আসল খবর অন্য, বিক্রম একটু থামল, আশ্রমের এখনকার ইন-চার্জের নাম জগদানন্দ মহারাজ। সবাই ওকে ডাকে জগন মহারাজ বলে ডাকে।

ওপারে কয়েক সেকেন্ডের নিস্তব্ধতা। মতিলাল বিড়বিড় করে বললেন, জগন? জগদানন্দ?

বিক্রম বলল, বয়সটা একদম মিলে যাচ্ছে মতিবাবু। কুড়ি বছর আগের সেই প্যাকেজই মনে হচ্ছে এই জগন মহারাজ। ডিএনএ প্রোফাইল করলেই বেরিয়ে যাবে। আমি কি কাল ওর সঙ্গে আর একবার কথা বলব? আপনার কী মত?

মতিলাল বললেন, না ভায়া। এখনই একদম এক্সপোজ হবে না। স্রেফ নজর রাখো। মহাপাত্রকে বলে আমি লোকাল পুলিশের ব্যবস্থা করছি। ওরা নজর রাখবে। তোমরা আজ রাতের ট্রেনেই কলকাতা ফিরে এসো। তোমাকে এখানেই বেশি দরকার এখন।

- ওকে মতিবাবু, আজ রাতে একটা ট্রেন আছে। আমরা তাহলে আপাতত ফিরে যাচ্ছি। বিক্রম ফোনটা রাখল।

বিক্রম দেখল হোটেলের জানলার বাইরে বঙ্গোপসাগর তখন ভীষণ উত্তাল। সি বিচে বিশেষ লোক নেই।

বিক্রম সঙ্গীকে বলল, কি আলোক, একটা ডুব মেরে আসবে নাকি?

আলোক এক পায়ে খাড়া, চলুন স্যার। নইলে একটা আপসোস থেকে যাবে।

বিক্রম ব্রেকফাস্ট খুব হালকা করে। দুটো ডিমের পোচ আর দু পিস হাতে গড়া রুটি। সঙ্গে ভেজিটেবল স্যুপ। আলোক দেখা গেল ভোজনরসিক - নিল আলু-পরোটা, মিক্সড ভেজ আর চিকেন স্যান্ডুইচ।

ব্রেকফাস্ট সেরে দুজন তোয়ালে কাঁধে চাপিয়ে চলল সমুদ্রের দিকে। ওখানে উত্তাল ঢেউ ওদের অপেক্ষায় অস্থির।

১৫. রহস্যের জাল ছড়িয়ে পড়েছে

৯০০ কিলোমিটারের ব্যবধান। ওড়িশার গোপালপুরে সমুদ্রের নোনা হাওয়ায় বিক্রম যখন এক ভয়ংকর সত্যের—সেই রহস্যময় 'প্যাকেজ' ওরফে জগদানন্দ মহারাজের—মুখোমুখি, কলকাতায় মতিলাল তখন লালবাজারের ধুলোমাখা

ফাইলের স্তূপে ডুব দিয়েছেন।
তাঁর তিন সহকারী রাঘব, শেখর ও কামেশ্বর তখন শহরের তিন প্রান্তে ব্যস্ত অতীতের জট ছাড়াতে।
অপারেশন চন্দ্রবংশ-এর জালটা এখন দুই শহরে সমানভাবে ছড়িয়ে পড়েছে। কিন্তু এই কানেকশনটা অস্বীকার করার কোনও উপায় নেই।
কলকাতার আকাশে কুয়াশা কেটে গিয়ে ঝলমলে রোদ উঠেছে ঠিকই, কিন্তু মতিলালের চেম্বারের গুমোট ভাবটা কাটেনি।
ডক্টর শাশ্বত বিশ্বাসের ঠিক কী হয়েছিল? জয়ন্ত নারায়ণের ডায়েরির সেই লাইন —'Doctor B complication. Handled it.'—মতিলালকে তাড়িয়ে বেড়াচ্ছে।
জগনের মার্ডারকে কি সুকৌশলে সুইসাইড বলে চালিয়ে দিয়েছিলেন ওই বিলেত ফেরত ব্যারিস্টার? চন্দ্রলেখা যে সন্তানসম্ভবা, সেটি ধরা পড়েছিল নিশ্চিতভাবেই অনেক দেরিতে। ফলে মেয়ের জীবন বিপন্ন করে পেটের অবৈধ সন্তানকে নষ্ট করার ঝুঁকি নেননি জয়ন্ত নারায়ণ। ফলে মেয়েকে তিনি শঙ্কর মহারাজের সঙ্গে নিরিবিলি গোপালপুরের আশ্রমে পাঠিয়ে দেন। সেখানে চন্দ্রলেখা যে পুত্রসন্তানটির জন্ম দেয়, সে বড় হয়ে ওঠে অনাথ বালকদের সঙ্গে।
মতিলালের এই অনুমানের সঙ্গে সহমত বিক্রম। কিন্তু অনুমান তো এভিডেন্স হতে পারে না। এর সত্যতা জানতে পারত যারা, তাদের মধ্যে অধিকাংশই স্বর্গ বা নরকের টিকিট কেটেছে।
বেঁচে আছেন শঙ্কর মহারাজ। কিন্তু তিনি অসুস্থ। তবে নিজের পারিবারিক পরিচয় কি আর জানে না জগনানন্দ মহারাজ? হতে পারে তার পিতাকে প্রাণ দিতে হয়েছে মূলত দুটি অপরাধে। এক, সে ছিল দলিত। দুই, সে ছিল বাড়ির চাকর।
বামন হয়ে কি চাঁদের দিকে হাত বাড়ানো যায়? বিশেষ করে যে চাঁদে লেগে রয়েছে অশুভ রক্তের দাগ?
এখন আর সন্দেহ নেই জগন-চন্দ্রলেখার সেই নিষিদ্ধ সন্তানকেই ওড়িশার আশ্রমে 'প্যাকেজ' হিসেবে ডেলিভারি করা হয়েছিল। বিশেষ করে বিপ্লবের জবানবন্দি আর জয়ন্ত নারায়ণের ডায়েরির পাতা মেলাতে গেলে একটাই উত্তর আসে—ডক্টর শাশ্বত বিশ্বাস অনেক কিছু জানতেন। এবং তিনিই ডেলিভারি করিয়েছিলেন সেই 'প্যাকেজ'। কিন্তু তারপর?
ডক্টর শাশ্বত বিশ্বাসের বাড়ির লোকেরা কি এখনও জীবিত? তিনি কি বিবাহিত ছিলেন? থাকলে তাঁর স্ত্রী কোথায়? স্ত্রী থাকলে তাঁকে নিশ্চয়ই সব গল্প করতেন শাশ্বত।
সকাল গড়িয়ে দুপুর। ওদিকে গোপালপুরে বিক্রম ও আলোক যখন সমুদ্রস্নানে ব্যস্ত, তখন মতিলালের ফোন ঘনঘন বাজছে।
রাঘব সকাল থেকেই মেডিক্যাল কাউন্সিল-এর রেজিস্ট্রি অফিসে পড়ে ছিল।

সত্তর দশকের মাঝামাঝি সময়ের সেইসব মোটা মোটা ভলিউম, হলদেটে ভঙ্গুর পাতা। হাজার হাজার নামের ভিড়ে একজন 'ডক্টর শাশ্বত বিশ্বাস'-কে খুঁজে বের করা আক্ষরিক অর্থেই খড়ের গাদায় সূঁচ খোঁজা।

মতিলাল যখন তাঁর একাদশতম কফির কাপে চুমুক দিচ্ছেন, ঠিক তখনই রাঘবের উত্তেজিত গলায় ফোন এল, স্যার, একটা ট্রেস পাওয়া গেছে। ১৯৭৫ সালের একটা ডিরেক্টরিতে নামটা আছে—'বিশ্বাস, শাশ্বত। এম.বি.বি.এস। অ্যাড্রেস: ১৪/বি, এলগিন রোড, ক্যালকাটা'।

মতিলাল সোজা হয়ে বসলেন, এলগিন রোড? পশ এরিয়া। ভেরি গুড রাঘব। জলদি ওখানে যাও।

এক ঘণ্টা পর রাঘব আবার ফোন করল।

ও এখন সেই স্পটেই দাঁড়িয়ে, বলল, স্যার, বাড়িটা আছে কিন্তু মানুষগুলো সব বদলে গেছে। কেউই বিশ্বাস ফ্যামিলিকে চেনে না। তবে একটা ব্রেক-থ্রু পাওয়া গেছে। পাশের বাড়ির এক বৃদ্ধ, যিনি সারা জীবন এই পাড়াতেই আছেন, তিনি শাশ্বত ডাক্তারকে চিনতেন।

মতিলাল জিজ্ঞেস করলেন, কী বললেন তিনি?

বললেন, ডাক্তারবাবু বছর কুড়ি আগে খুব অদ্ভুতভাবে এই বাড়ি ছেড়ে চলে যান। ওঁর ভাষায়—'সাম কাইন্ড অফ ট্রাবল ইরাপ্টেড'। জয়ন্ত নারায়ণের সেই ডায়েরির 'কমপ্লিকেশন'-এর সাথে শব্দটা একদম মিলে যাচ্ছে স্যার। আর সবথেকে বড় খবর—ডাক্তারবাবু এখান থেকে যাওয়ার কিছুদিন পরেই একটা কার অ্যাক্সিডেন্ট-এ তিনি মারা যান।

মতিলাল বিড়বিড় করলেন, হ্যান্ডেলড! জয়ন্ত নারায়ণ ঠিক এটাই লিখেছিলেন। অর্থাৎ শাশ্বতকে পৃথিবী থেকে সরানোর কাজ শেষ। আরও একটি প্রমাণ লোপাট।

রাঘব যোগ করল, স্যার, ওই বৃদ্ধ আরও একটা তথ্য দিয়েছেন, যেটা খুব ভাইটাল। অ্যাক্সিডেন্টের সময় ডাক্তারবাবুর স্ত্রীও সঙ্গে ছিলেন। কিন্তু তিনি অলৌকিকভাবে বেঁচে যান। ওঁর নাম ছিল তনিমা। খুব সুন্দরী ছিলেন তিনি। তবে ডাক্তারবাবুর মৃত্যুর পর তিনি রহস্যময়ভাবে শহর ছেড়ে উধাও হয়ে যান।

মতিলালের চোখের সামনে ছবিটা এবার আবছা হলেও পরিষ্কার হতে শুরু করেছে।

জগনকে মারা হয়েছে, ডাক্তার বিশ্বাসকে অ্যাক্সিডেন্টে সরিয়ে দেওয়া হয়েছে—পুরোটাই যেন এক মাস্টারমাইন্ডের কাজ।

আর কোনও ক্লু রাঘব?

- হ্যাঁ স্যার। শাশ্বত ডাক্তারের এক ঘনিষ্ঠ বন্ধু ছিলেন—ডক্টর বিপ্লব সাহা। বৃদ্ধ বললেন, বর্তমানে তিনি নামী কার্ডিয়াক সার্জন (cardiac surgeon)। ওঁর কাছে হয়তো তনিমার বর্তমান হদিস পাওয়া যেতে পারে।

মতিলাল বিড়বিড় করে জনান্তিকে আওড়ালেন, আবার আরেকটা বিপ্লবের আমদানী হল? এতবার বিপ্লব হলে তো সামলানো কঠিন হয়ে পড়ে বাওয়া।

মতিলাল নির্দেশ দিলেন, গুড জব রাঘব। তুমি এবার আর্কাইভে গিয়ে ডাক্তার বিশ্বাসের অটোপসি রিপোর্ট আর জগনের সেই পুরনো ফাইলটা কামেশ্বরের সাথে মিলে খুঁজে বের করো। আমি ডক্টর বিপ্লব সাহার সাথে কথা বলছি। এই তনিমা-ই হয়তো শেষ পর্যন্ত হয়ে উঠবে আমাদের তুরুপের তাস। তাঁর স্বামী খুনের বদলা নিতে তিনি ফিরে আসতেই পারেন। এটা একটা স্ট্রং মোটিভ। অন্যদিকে বাবার মৃত্যুর প্রতিশোধ নিতে চাইতেই পারে ছেলে জগনানন্দ মহারাজ। কিন্তু এদের সঙ্গে মনুলালের মত একটা ঢ্যামনা সাপের কী যোগসাজস? সেটাও তো ভাবার মত বিষয়। তাই নয় কি?
রাঘব বলল, হয়ত কোনও যোগসাজস ছিল না স্যার। সেটাও তো একটা প্রবাবিলিটি।
মতিলাল খুব খুশি হলেন রাঘবের কথায়, ইউ আর কারেক্ট মাই সন। সো ফার ইউ হ্যাভ ডান এ গ্রেট জব। গো অ্যাহিড অ্যান্ড ফাইন্ড আউট মোর ইনফরমেশন।
- সিওর স্যার। থ্যাঙ্ক ইউ।
মতিলাল ফোনটা রাখলেন। জানলার বাইরে শীতের বিকেলটা দ্রুত ফুরিয়ে আসছে। অন্ধকার নামছে তিলোত্তমায়। ঠিক তখনই টেবিলের ওপর ফোনটা আবার বেজে উঠল।

১৬. রাতের রহস্যময় ট্রেনযাত্রা

বিকেলটা ভাল করে বুঝে ওঠার আগেই ঝপ করে শীতের সন্ধে নেমে গেল। ধোঁয়াশায় ঢাকা রাস্তার আলোগুলো ম্লান।
ফোনটা যখন বাজল, মতিলাল চেম্বারে বসে ডঃ শাশ্বত বিশ্বাসের স্ত্রী 'তনিমা'-র অন্তর্ধান নিয়ে ভাবছিলেন। একজন মহিলা যাঁর স্বামীর অস্বাভাবিকভাবে মৃত্যু হয়েছে একটি মেয়ের চিকিৎসা করতে গিয়ে, এবং যে মহিলা গত দু-দশক ধরে নিখোঁজ, তিনি এখন কোথায় থাকতে পারেন?
ফোনের ওপারে বিক্রম। ওর শান্ত কিন্তু টানটান গলা শুনেই মতিলাল বুঝলেন, গোপালপুরে কিছু একটা ঘটেছে।
- বলো ভায়া, কী খবর?
বিক্রম বলল, মতিবাবু, আজ রাতের ট্রেনে ওরা মুভ করছে। জগদানন্দ মহারাজ আর সঙ্গে একজন মাঝবয়সী মহিলা। দুজনেই হাওড়ার টিকিট কেটেছে। রাত এগারোটার ট্রেন। ওই একই ট্রেনে আমরাও থাকছি।
মতিলাল রক্তে একটা অ্যাড্রেনালিনের রাশ টের পেলেন। এ যে মেঘ না চাইতেই জল। জিজ্ঞেস করলেন, মহিলাটিকে কেমন দেখলে ভায়া? কোনও পরিচয় মিলল?
বিক্রম বলল, টিকিট কাটার জন্য যে ফর্ম ফিলাপ করেছে, তাতে মহিলার নাম রয়েছে তনিমা বিশ্বাস। আলোকের বর্ণনা অনুযায়ী, বেশ ডিগনিফাইড। আশ্রমে

মহিলারা যে গেরুয়া শাড়ি পরেন তাই পরে আছেন, বয়স পঞ্চাশের আশেপাশে। খুব শান্ত, কিন্তু চোখেমুখে লড়াইয়ের ছাপ স্পষ্ট। আশ্রমে সবাই ওদের মা আর ছেলে হিসেবে জানে। আলোক স্টেশনে খোঁজ নিয়ে কনফার্ম করেছে যে ওরা বোরিভালি এক্সপ্রেসে চড়ছে।

মতিলাল খুকখুক করে হাসলেন, যাক, একদিক থেকে ভালই হল। তবে সাবধান, জগদানন্দ তোমাদের দেখেছে। আমি কাল সকালে হাওড়া স্টেশনে থাকব। দেখা হবে।

বিক্রম ট্রেনের দরজায় দাঁড়িয়ে বাইরের অন্ধকারের দিকে তাকিয়ে ছিল। ও জানত, এই মহিলাটিই তনিমা। ডক্টর বিশ্বাসের সেই সুন্দরী স্ত্রী, যে জয়ন্ত নারায়ণের 'হ্যান্ডেলড' করা অ্যাক্সিডেন্ট থেকে বেঁচে ফিরেছে। আর জগদানন্দ? ও কি জানে ওর জন্মপরিচয়? ও কি জানে ওর বাবা জগনকে কেন মরতে হয়েছিল? এই মা আর ছেলে কি রয়েছে চন্দ্রলেখার খুনের নেপথ্যে? ওরা কেন কলকাতায় ফিরছে? সবথেকে বড় কথা মনুলালের সঙ্গেও কি ওদের যোগাযোগ রয়েছে? হয়তো এসবের উত্তর এবার পাওয়া যেতে পারে।

পরদিন ছিল ১৩ ডিসেম্বর। সকালে কলকাতা তখন কুয়াশার চাদর সরিয়ে জেগে উঠেছে।

হাওড়া স্টেশনের প্ল্যাটফর্মে মতিলাল নিজে পৌঁছে গেছেন। সঙ্গে রাঘব, শেখর আর সাদা পোশাকের একঝাঁক পুলিশ।

ট্রেন প্ল্যাটফর্মে ঢোকার আগেই কুলিদের ছোটাছুটি শুরু হয়ে যায়।

আর ট্রেন এসে থামলেই শীতের সকালের ঘুমন্ত প্ল্যাটফর্ম হঠাৎ যেন মন্ত্রবলে জেগে ওঠে।

বিক্রম আর আলোক ওদের দুজনের থেকে দূরত্ব বজায় রেখেছিল।

জগদানন্দ মহারাজের পরনে সাধারণ গেরুয়া পোশাক, মাথায় গেরুয়া উলের টুপি, গা ঢাকা দিয়েছে একটা সাদা শাল দিয়ে, মাথায় গেরুয়া তিলক। পাশের মদিলা বিষণ্ণ কিন্তু ধীরস্থির। তিনি মাথা, মুখ মুড়ি দিয়েছেন একটি কালো শাল দিয়ে। তাঁদের সঙ্গে বিশেষ কোনও লাগেজ নেই।

রাঘব আর শেখরের ওপর ওদের ফলো করার নির্দেশ রয়েছে। আলোক ওদের সঙ্গে যোগ দিল।

মতিলাল বিক্রমকে ওই ভিড়ের মধ্যে একদিকে টেনে নিয়ে বললেন, খুব বেশিদিনের জন্য ওরা কলকাতায় আসেনি ভায়া।

বিক্রম মাথা নাড়ল, হ্যাঁ, লাগেজ তো বিশেষ নেই। তবে কলকাতায় ওদের থাকার কোনও জায়গা থাকতে পারে। দেখাই যাক, সে তো আর কিছুক্ষণ পরেই জানা যাবে।

মতিলালের ভুরু কুঁচকে থাকতে দেখে বিক্রম বলল, কী ব্যাপার মতিবাবু? কিছু একটা নিয়ে ভাবছেন মনে হচ্ছে?

মতিলাল বললেন, এইমাত্র আমার সোর্স ফোন করেছিল, চান্দুর দুই শাগরেদ, ছোনি আর ন্যাপা নাকি হাওড়া প্ল্যাটফর্মে ঢুকেছে।

বিক্রমকেও চিন্তিত দেখাল, সে কী কথা, তাহলে তো আমাদের মুভ করা দরকার। এই ভিড়ের মধ্যে জগন মহারাজ আর তনিমাকে মেরে দেওয়াটা সোজা।
মতিলাল বিক্রমের পিঠে হাত রেখে বললেন, আরে ভায়া, না, না। ওদের দুজনকে আমার ছেলেরা দুটো লেয়ারে ঘিরে রেখেছে। জগনানন্দ আর তনিমা জানে না, ওদের চারপাশে সিকিউরিটি বলয় রয়েছে। ওদের বেঁচে থাকাটা আমাদের কাছে এখন খুবই জরুরি ভায়া।
বিক্রম বলল, ছোনি আর ন্যাপাটাকে এখান থেকে তুলে নিলেই তো হয়।
এক সেকেন্ডের জন্য মতিলালের চোখ কুঁচকে গেল, এটা মন্দ বলোনি ভায়া। প্রচুর মার্ডার করেছে হারামজাদা দুটো। দাঁড়াও ওদের দায়িত্বে রয়েছে কামেশ্বর আর ওর টিম।
মতিলাল কামেশ্বরকে ফোনে ধরলেন, মাল দুটো কোথায় কামেশ্বর?
কামেশ্বর গলায় উত্তেজনা, স্যার, এই ট্রেনে গোপালপুর থেকে ওদের লোক নেমেছে, যে কিনা টার্গেট চেনানোর দায়িত্ব রয়েছে। জগন মহারাজ আর সন্ন্যাসিনীকে ও দূর থেকে চেনাচ্ছিল ছোনিদের। আমি দেখেছি। তবে ওরা আমাদের লোকদের দেখে তফাতে রয়েছে। তবে কী ফন্দি আঁটছে বলা মুস্কিল। দুজনে একসঙ্গে এসেছে যখন, কিছু একটা প্ল্যান তো রয়েছে।
মতিলাল বললেন, ঠিক আছে, তুমি দুটো বড় চিনির বস্তা রেডি করো।
কামেশ্বর খুশি হয়ে বললেন, সত্যি বলছেন স্যার?
মতিলাল বললেন, হ্যাঁ, চটপট করো। হাতে বেশি সময় নেই। ওরা কোথায় রয়েছে?
- প্ল্যাটফর্ম তেরোতে। বন্ধ টিকিট কাউন্টারের সামনে তিনজন দাঁড়িয়ে রয়েছে। আমি কি ওদের তুলে নেব?
মতিলাল বললেন, ওরা তোমাকে চেনে। দেখলেই গুলি চালাবে, পালিয়ে যাবে। তোমাকে যেটা বললাম, সেটা করো। চিনির বস্তা রেডি করো। কোথায় ওদের ফেলবে, সেটাও ঠিক করো। আমরা দেখে নিচ্ছি।
মতিলাল বিক্রমমের দিকে ফিরলেন, চলো ভায়া, ওরা তোমাকে চেনে না। তুমি ওদের কাছে গিয়ে দেশলাই চাইবে, বাকিটা তো জানো কী করতে হবে।
ওরা দ্রুত পা চালাল তেরো নম্বর প্ল্যাটফর্মের দিকে।
কামেশ্বরের বর্ণনা অনুযায়ী, তিনজন দাঁড়িয়ে সিগারেট টানছে, হাসাহাসি করছে বন্ধ কাউন্টারের কাছে দাঁড়িয়ে।
ছোনি গাঁট্টাগোট্টা, মাঝারি হাইট। ন্যাপার লম্বাটে গড়ন, বড়বড় কাঁধ পর্যন্ত চুল। ওর স্বভাব হল মাঝেমাঝেই মাথা নেড়ে কপালের ওপর পড়ে থাকা চুলকে সরিয়ে দেয়। আরেকটি লোক সাদা জামা পরা। সাধারণ চেহারা, ভিড়ের মধ্যে মিশে গেলে আর খুঁজে পাওয়া যাবে না।
দূর থেকে ওদের চিনিয়ে মতিলাল ফিসফিস করে বললেন, ভায়া, খুব সাবধান, ছোনি আর ন্যাপার কোমরে মেসিন আছে।

বিক্রম কোনও কথা না বলে এগিয়ে গেল।
বিক্রমকে এগতে দেখে ওদের হাসাহাসি থেমে গেল। ন্যাপার একটা হাত চলে গেল কোমরের পেছনে।
সামান্য দূর থেকে বিক্রম বলতে বলতে এগল, আগুন হবে ভাই?
সাদা জামা পরা লোকটা পকেট থাবড়ে লাইটার বের করার আগেই বিক্রম ওদের কাছাকাছি পৌঁছে গেল।
তারপর ঠিক কী হল, তা দূর থেকে বুঝে উঠতে পারলেন না মতিলাল। কারণ, ছোনি আর ন্যাপা দুজনেই মাটিতে পড়ে গেছে। সাদা জামা পরা লোকটার লাইটারটা শূন্যে উঠে গিয়ে পড়ল লোকটারই পেটের ওপর। কারণ লোকটাও ততক্ষণে ধরাশায়ী।
মতিলাল হাঁফাতে হাঁফাতে পৌঁছলেন, কামেশ্বরও দলবল নিয়ে জায়গাটা ঘিরে ফেলেছে।
মতিলাল বিক্রমকে বললেন, ঠিক কী করলে বলো তো ভায়া? আমি তো কিছু বুঝে উঠতে পারলাম না।
বিক্রম মুচকি হাসল, সকালের প্র্যাকটিসে আসুন, শিখিয়ে দেব।
মতিলাল তাঁর গ্লক পিস্তলের গায়ে হাত বুলিয়ে বললেন, দরকার নেই ভায়া, এই বুড়ো বয়সে এটাই বেশি কাজে লাগবে।
তারপর খুব নির্লিপ্ত গলায় কামেশ্বরকে বললেন, ওদের মেসিন দিয়েই কপালে মারবে। বস্তায় ভাল করে পাথর পুরবে, যাতে মাস খানেকের ভেতর রিভার ট্র্যাফিকের ছেলেরা বডি না পায়।
- কোথায় ফেলব স্যার?
মতিলাল হাঁটতে হাঁটতে বললেন, বেলুড় মঠের কাছে গঙ্গায় ফেলো। তাতে যদি নরকবাস থেকে বাঁচে হারামজাদা দুটো। আর এই তিন নম্বরিটাকে কাস্টডিতে পাঠিয়ে দাও। পরে আমি ওর হিসেব নেব।
ততক্ষণে শেখরের ফোন এসে গেছে।
ওরা স্টেশন থেকে বেরিয়ে একটা ট্যাক্সি নিল। পেছনে বিক্রম আর মতিলালের টিম কয়েকটা গাড়ি মাঝখানে রেখে ফলো করতে লাগল। ট্যাক্সিটা গিয়ে থামল সেন্ট্রাল কলকাতার একটা ঘিঞ্জি এলাকায়।
হোটেল ক্যাপিটাল।
খুবই সস্তা আর সাধারণ একটা বাজেট হোটেল। একজন সন্ন্যাসী আর মহিলার লুকিয়ে থাকার জন্য একদম আদর্শ আস্তানা।
ওরা ঢুকে যাওয়ার কিছুক্ষণ পর রাঘব গিয়ে রেজিস্টার চেক করে এসে বলল, ওরা জগনানন্দের নাম দিয়েই রেজিস্টার করেছে স্যার। মা আর ছেলে হিসেবে পরিচয় দিয়েছে।
মতিলাল খুকখুক করে হাসলেন, এখন স্রেফ ওয়েট অ্যান্ড ওয়াচ।
তারপর বিক্রমের মুখের দিকে তাকিয়ে বললেন, বাড়ি গিয়ে একটু রেস্ট নিয়ে তাড়াতাড়ি ফিরে এসো ভায়া। আপাতত আমাদের এখানেই নোঙর ফেলতে

হবে মনে হচ্ছে।

সূর্য ডুবতেই কলকাতার আকাশে কমলা আর বেগুনি রঙের ছটা। নৈঋতে যেন কালো মেঘের আভাস? ঝড় উঠবে নাকি?
হোটেল ক্যাপিটালের উল্টো দিকের একটা চায়ের দোকানে দাঁড়িয়ে বিক্রম আর মতিলাল লক্ষ্য রাখছিলেন।
হঠাৎ একটা পরিচিত অবয়ব হোটেলের গেটের দিকে এগিয়ে গেল। চালচলনে সেই চেনা 'সোয়্যাগার'। পকেটে হাত দিয়ে চারপাশটা একবার দেখে নিয়ে লোকটা হোটেলের ভেতরে ঢুকে পড়ল।
বিপ্লব।
মুখ চাওয়াচাওয়ি করলেন মতিলাল আর বিক্রম।
বিক্রমের চোয়াল শক্ত হয়ে উঠল। মতিবাবু, তাহলে আমরা ঠিকই ভেবেছিলাম। বিপ্লবের সঙ্গে জগনানন্দ আর তনিমার যোগাযোগ রয়েছে।
মতিলাল কফিতে চুমুক দিয়ে বললেন, সবুরে মেওয়া ফলে ভায়া। বিপ্লব শুরু থেকেই অনেক কিছু লুকোচ্ছিল। ওর চোখের চাউনি আর কথার ফাঁকগুলো এইবার জোড়া লাগছে।
বিক্রম বলল, এটা কোনও আকস্মিক দেখা হওয়া নয় মতিবাবু, এটা একটা সুপরিকল্পিত মিটিং।
ঠিক সেই সময় রাঘব একটা নতুন ইনপুট দিল, স্যার, এই দুজনেই চন্দ্রজা ও চন্দ্রিমার সঙ্গে দেখা করতে কলেজে এসেছিল। আমাদের ফটোগ্রাফারদের তোলা হাওড়া স্টেশনের ছবি দুই মেয়ের বন্ধুদের দেখানো হয়েছে। খুনের কিছুদিন আগে কলেজের গেটে এদেরকেই ওদের সাথে কথা বলতে দেখা গিয়েছিল।
বিক্রম বিড়বিড় করল, তার মানে জগদানন্দ আর তনিমা আগে মেয়েদের সাথে দেখা করেছিল? ওদের কী এমন ইনফরমেশন দিয়েছিল যে মেয়েদের মরতে হল? পুরো ভট্টাচার্য প্যালেসটাই আসলে একটা ক্রাইম সিন মতিবাবু। সবকিছুর শুরু যখন চন্দ্রলেখা প্রথম মা হয়েছিল। তারপর একে একে মারা গেছে জগন, ডক্টর বিশ্বাস। তনিমাও মারা যেত। জোর বেঁচে যায়। কিন্তু শঙ্কর মহারাজের আশ্রমে ও শেল্টার পেল কী করে? তনিমাকে বাঁচানোর জন্যই শঙ্কর মহারাজ ওকে নিজের আশ্রমে লুকিয়ে রেখেছিলেন। আর তার কুড়ি বছর পর একে একে খুন হল দুই মেয়ে ও তাদের মা চন্দ্রলেখা।
মতিলাল ঘড়ি দেখলেন, বিক্রমকে বললেন, শেষ চালটা দেওয়ার সময় হয়েছে ভায়া। ওরা ফোন ব্যবহার করেনি কারণ ওরা জানত আমরা আড়ি পাতছি। ওরা ফেস-টু-ফেস কথা বলতে চায়।
বিক্রম বলল, মতিবাবু, ওরা বুদ্ধিমান। কিন্তু ওরা বিরাট ঝুঁকি নিয়েছিল। আমরা না দেখলে ছোনি আর ন্যাপার বদলে এই দুজনের বডি গঙ্গার নীচে বুড়বুড়ি কাটত।

মতিলাল বিক্রমের কাঁধে হাত রেখে খুকখুক করে হাসলেন, কিন্তু ভায়া, চোখের পলকে তুমি ওদের ঠিকানা লাগালে কী করে বলো তো? তিন সেকেন্ডও লাগল না, তিনটে বডি মাটিতে। এমন ম্যাজিক তো দেখিনি কখনও।
বিরল হাসিটা হাসল বিক্রম, আপনি একইসঙ্গে চান্দুর কথাটা ভাবুন। বেচারা দুই শাগরেদকে কোথায় না খুঁজে বেড়াচ্ছে এখন। এবার ওর ঠিকানা লাগাতে হবে। তবে তার আগে জানতে হবে, এই প্রতিটি খুনের সঙ্গে চান্দুর যোগ ঠিক কতটা?

১৭. শেষ মুহূর্তের ক্যাচ

হোটেল ক্যাপিটালের অন্ধকার গলিতে দাঁড়িয়ে বিক্রম আর মতিলাল তখন হিসেব মেলাচ্ছিলেন। বিপ্লব ভেতরে ঢুকেছে—তার মানে জগনের ছেলে আর তনিমার সাথে তার সরাসরি যোগাযোগ আছে।
ঠিক তখনই অন্ধকারের ভেতর থেকে উদভ্রান্তের মতো উদয় হল সাব-ইন্সপেক্টর জয়দেব। জয়দেবের ওপর দায়িত্ব ছিল বিপ্লবের ওপর নজর রাখার, কিন্তু ও একা কেন? তাছাড়া বিপ্লব আসার এতক্ষণ পরেই বা এল কেন?
- জয়দেব! তুমি এখানে? বিপ্লব কোথায়? মতিলালের গলায় চাবুকের মতো শব্দ হলো। বিরক্তি লুকোলেন না মতিলাল।
জয়দেব হাঁফাতে হাঁফাতে বলল, স্যার, আমি ওকে পাঁচ ঘণ্টা ধরে শ্যাডো করছিলাম। ও তিলজলা থেকে সোজা সোনাগাছিতে রত্নার অফিসে যায়। আমি বাইরে অপেক্ষা করছিলাম। কিন্তু রত্না হঠাৎ খুব উত্তেজিত হয়ে অফিস থেকে বেরিয়ে একটা ট্যাক্সি ধরে। আমি একটা স্ন্যাপ ডিসিশন নিলাম স্যার। বিপ্লব ভেতরেই ছিল, কিন্তু রত্নার মুভমেন্টটা বেশি সন্দেহজনক মনে হলো। আমি তখন রত্নাকে ফলো করলাম।
বিক্রম ঝুঁকে এল, কোথায় গেল রত্না?
- স্যার, ও সোজা গেল ডক্টর বিপ্লব সাহার চেম্বারে।
নামটা শুনেই বিক্রম আর মতিলাল একে অপরের দিকে তাকালেন। ডক্টর বিপ্লব সাহা—শহরের নামী কার্ডিয়াক সার্জন এবং মৃত ডক্টর শাশ্বত বিশ্বাসের সবথেকে ঘনিষ্ঠ বন্ধু। ডায়েরির সেই 'ডক্টর বি' ইস্যুর জ্যান্ত সাক্ষী।
বিক্রম বিড়বিড় করল, তার মানে রত্না আর বিপ্লব সাহা কানেক্টেড। আর ডক্টর সাহা মানেই তনিমা আর শাশ্বত বিশ্বাসের রহস্য। খেলাটা তো দারুণ জমে উঠেছে মতিবাবু!
জয়দেব জানাল, রত্না ডক্টরের চেম্বার থেকে বেরিয়ে আবার সোনাগাছিতে ফিরে গেছে। কিন্তু সে যখন আবার বিপ্লবের খোঁজে ফিরল, দেখল বিপ্লব হাওয়া। কন্ট্রোল রুম থেকে খবর পেয়ে সে এখানে ছুটে এসেছে।
মতিলাল ঘড়ি দেখলেন, বিক্রমকে বললেন, ভায়া হাতে একেবারেই সময় নেই। ডঃ সাহাকে পাকড়াও করতে হবে। রাঘব, শেখর—তোমরা এখানে

হোটেল আগলাও। জগদানন্দ আর তনিমা যদি রাতের ট্রেনে গোপালপুর ফিরতে চায়, ফিরতে দাও। ওদের ওপর শুধু নজর রাখো। কিন্তু বিপ্লবকে যেন আর না হারাই আমরা। আমি আর বিক্রম ভায়া যাচ্ছি ডক্টর সাহার কাছে।
মতিলাল হাঁক পাড়লেন, আমাদের বেস্ট ড্রাইভার অমিতকে ডাকো। এখনই বেরোতে হবে।
অমিতের হাতের স্টিয়ারিং যেন কথা বলে। পুলিশের জিপের সাইরেন বাজিয়ে কলকাতার ভিড় ঠেলে গাড়ি ছুটল ডক্টর সাহার চেম্বারের দিকে। কলকাতার রাস্তায় সিগন্যাল, রিকশা আর ট্যাক্সির জঙ্গল চিরে অমিত এগোচ্ছে অ্যাগ্রেসিভ প্রিসিশন-এর সাথে।
মতিলাল সাইলেন্ট মোডে নিজের গ্লকটা চেক করে নিলেন। কিন্তু ওদের জন্য বিরাট একটা সারপ্রাইজ অপেক্ষা করছিল। চেম্বারে পৌঁছেই রিনাউন্ড সার্জনের রিসেপশনিস্টের কাছে ধাক্কা খেতে হল।
- ডক্টর সাহা কোথায়? বিক্রমের গলা শুনে মেয়েটি ঘাবড়ে গেল, বলল, স্যার, ডক্টর তো এইমাত্র বেরিয়ে গেলেন। এয়ারপোর্টের দিকে। ওঁর রাত ১০টায় দিল্লি ফ্লাইট আছে। আটটার মধ্যে চেক ইন করতে হবে।
- এয়ারপোর্ট! অমিত, চলো! গাড়ি ওড়াও! হাতে একেবারে সময় নেই। মতিলাল চেঁচিয়ে উঠলেন।
কলকাতার ইভনিং ট্র্যাফিকের ধমনী চিরে জিপটা যখন ভিআইপি রোডে পড়ল, তখন ঘড়িতে রাত ৭টা বেজে ৫০।
আটটা বাজতে আর মাত্র ১০ মিনিট বাকি।
জগনানন্দ ও তনিমা কলকাতায় ঢোকার সঙ্গে সঙ্গে ডঃ সাহার কলকাতা ছেড়ে পালানোর মানেটা কী?
মতিলাল বললেন, রত্না কি তাহলে এই খবরটা জানাতেই ওঁর কাছে গেছিল? তিনি কি আগাম আন্দাজ করেছিলেন যে আমরা ওঁর খুব কাছে পৌঁছে গেছি?
বিক্রম বলল, মতিবাবু, এমনও হতে পারে, ডক্টর সাহা হয়ত পালাচ্ছেন না। হয়ত ওঁর শিডিউলড ফ্লাইট এটা। আগে থাকতেই ঠিক ছিল। তবে রত্নার হঠাৎ আগমনটাই সন্দেহ জাগাচ্ছে। এর একটাই অর্থ, উনি তনিমার সব সিক্রেট জানেন। হয়তো রত্না গিয়ে ওনাকে ওয়ার্নিং দিয়েছে।
মতিলাল বিড়বিড় করলেন, পালাবে কোথায়? এয়ারপোর্টে আমার লোক আছে, ওদের অ্যালার্ট করে দেওয়া হয়েছে। কিন্তু আমাদের ফিজিক্যালি ওখানে পৌঁছতে হবে।
এয়ারপোর্ট টার্মিনালের সামনে টায়ার ঘষে জিপটা যখন থামল, বিক্রম আর মতিলাল দৌড়োলেন ডিপার্চার গেটের দিকে। সিকিউরিটি চেকপয়েন্টে আইডি কার্ড ফ্ল্যাশ করে সরাসরি ঢুকে পড়লেন ভেতরে।
- দিল্লি ফ্লাইট কোন গেটে? বিক্রমের প্রশ্ন শুনে এয়ারপোর্ট অফিসার ভ্যাবাচ্যাকা খেয়ে আঙুল দেখাল। গেট নম্বর সিক্স স্যার! লাস্ট কল হয়ে গেছে!
দুজন মিলে ছুটলেন। ভারি জুতোয় লিনোলিয়ামের মেঝেতে শব্দ হচ্ছে।

সামনেই দেখা গেল বোর্ডিং গেটের লম্বা লাইন প্রায় শেষ। একজন দীর্ঘকায়, সুপুরুষ ভদ্রলোক হাতে বোর্ডিং পাস নিয়ে গেটের দিকে পা বাড়াচ্ছেন। পরনে দামী ওভারকোট।
ডক্টর বিপ্লব সাহা।
- ডক্টর সাহা! স্টপ! বিক্রমের আওয়াজ টার্মিনালের লাউডে প্রতিধ্বনিত হলো। ভদ্রলোক থমকে দাঁড়ালেন। ঘুরে তাকাতেই ওঁর চোখে একটা কোণঠাসা পশুর মতো চাউনি ফুটে উঠল। পালানোর পথ নেই। বিক্রম কয়েক সেকেন্ডের মধ্যে ওঁর পাশে পৌঁছে ওঁর হাতটা শক্ত করে ধরল।
- সরি ডক্টর, আজকের দিল্লি ফ্লাইটটা আপনার মিস হয়ে গেল, বিক্রম খুব শান্ত গলায় বলল।
ডক্টর সাহা কাঁপা গলায় বললেন, আপনারা কারা? কেন আটকানো হচ্ছে আমাকে?
মতিলাল ধীর পায়ে এগিয়ে এসে ডক্টরের চোখের দিকে তাকালেন। ওঁর গলার স্বর এখন খুব নিচু কিন্তু ভয়ংকর।
মতিলাল চিবিয়ে চিবিয়ে বললেন, ডক্টর শাশ্বত বিশ্বাস। তনিমা বিশ্বাস। আর কুড়ি বছর আগের সেই ওড়িশার 'প্যাকেজ'। কিছু মনে পড়ছে ডঃ সাহা?
বিক্রম বলল, নইলে মেমরিতে একটু চাপ দিন। ডাক্তারদের মেমরি তো খুব শার্প হয় বলেই শুনেছি।
মতিলাল খুকখুক করে হাসলেন, কিন্তু সেই হাসিতে কোনও দয়া ছিল না, চলো ডক্টর, এবার একটু পুরনো গল্প করা যাক।
বিখ্যাত কার্ডিয়াক সার্জনের মুখটা ফ্যাকাশে হয়ে গেল। শীতকালে এয়ারপোর্টের এসি-র মধ্যেও ওঁর কপালে ঘাম দেখা দিল।
বিক্রম মতিলালের দিকে তাকিয়ে একটা সঙ্কেত দিল।
ধাওয়া করার পর্ব শেষ। এবার শুরু হবে আসল কাটাছেঁড়া।
দেখা যাক, ভট্টাচার্য প্যালেসের ডার্ক হিস্ট্রির শেষ পর্দাটা ডক্টর সাহার মুখ দিয়েই খোলা যায় কি না।

১৮. কুড়ি বছরের কুয়াশা

এয়ারপোর্টের সেই নিয়ন্ত্রিত বিশৃঙ্খলা এখন অনেক পেছনে।
ডঃ বিপ্লব সাহাকে যখন বোর্ডিং গেট থেকে সরিয়ে আনা হল, ওঁর চোখেমুখে তখন দামী মদের নেশা নয়, বরং দম্ভ আর আতঙ্কের এক অদ্ভুত ককটেল। একজন নামী কার্ডিয়াক সার্জন, যাঁর জীবন কাটে পাঁচতারা বিলাসিতায়—তাঁকে এভাবে পুলিশের হাতে আটক হতে হবে, সেটা ওঁর দুঃস্বপ্নেও ছিল না।
এয়ারপোর্ট সিকিউরিটি পোস্টের একটা ছোট, সাদামাটা ঘর। বাইরে দূরে বিমানের ইঞ্জিনের একঘেয়ে আওয়াজ। ভেতরে মতিলাল আর বিক্রমের তীক্ষ্ণ

চাউনি আর প্রশ্নবাণ।
মতিলাল টেবিলের ওপর নিজের টুপিটা রাখলেন। বিক্রম দেয়ালের কোণে বুকের ওপর হাত ভাঁজ করে দাঁড়িয়ে। ওর কম্যান্ডো-ট্রেইনড চোখ ডক্টর সাহার প্রতিটা মুভমেন্ট স্ক্যান করছে।
- বসুন ডক্টর, মতিলাল ইশারায় একটা লোহার চেয়ার দেখালেন। ওঁর গলার স্বর খুব নিচু কিন্তু তাতে একটা প্রচ্ছন্ন হুমকি আছে, আপনার সিডিউলড ফ্লাইট মিস হওয়ার জন্য আমি ব্যক্তিগতভাবে দুঃখিত। কিন্তু কিছু প্রশ্ন এয়ারপোর্ট লাউঞ্জের চেয়ে এই ঘরেই বেশি মানানসই।
ডক্টর সাহা নিজেকে সামলানোর চেষ্টা করলেন। তারপর রাগে ফেটে পড়লেন, ইটস আউটরেজিয়াস! একজন রেসপেক্টেড প্রফেশনালকে আপনারা এভাবে আটকাতে পারেন না। কী চান আপনারা?
বিক্রম কোণ থেকে এগিয়ে এল। ওর পা ফেলার সময় শব্দ হয় না। গলা নামিয়ে বিক্রম বলল, ডক্টর, সোজা প্রশ্ন। রত্না মজুমদার আজ বিকেলে আপনার চেম্বারে কেন গিয়েছিল? আর ও যাওয়ার ঠিক পরেই আপনি কেন দিল্লি পালানোর চেষ্টা করছিলেন?
ডক্টর সাহা ঢোক গিললেন, রত্না... ও তো পেশেন্ট। চেস্ট পেইন নিয়ে অ্যাপয়েন্টমেন্ট চেয়েছিল।
বিক্রম হাসল। তারপর সম্পূর্ণ বানিয়ে বলল, কিন্তু ডক্টর, রত্না যে আমাদের অন্য কথা বলেছে। ওর বয়ানে আপনার নামটা বড্ড বেশিবার উঠে আসছে।
মতিলাল ফোঁড়ন কাটলেন, আমরা কলকাতায় তিন-তিনটে খুনের তদন্ত করছি ডক্টর। আর সেই তদন্তের ধুলো ঝাড়তে গিয়ে আপনার অতীতটা সামনে চলে আসছে। প্রথমে ডক্টর শাশ্বত বিশ্বাসের কথা বলছি। আপনার প্রিয়তম বন্ধু। মনে পড়ছে কিছু?
শাশ্বত বিশ্বাসের নামটা শোনার সাথে সাথেই ডক্টর সাহার শরীরের সেই কৃত্রিম কাঠিন্য ভেঙে পড়ল। ওঁর আঙুলগুলো কাঁপতে শুরু করেছে।
- শাশ্বত... ও তো মারা গেছে। সে তো বহু বছর আগে। অ্যাক্সিডেন্টে মারা গিয়েছিল ও। ডক্টর সাহা বিড়বিড় করলেন।
বিক্রম টেবিলের ওপর ঝুঁকে পড়ল। ডক্টরের চোখের দিকে তাকিয়ে বলল, আমার চোখের দিকে তাকান ডঃ। সত্যি অ্যাক্সিডেন্ট? নাকি জয়ন্ত নারায়ণ ভট্টাচার্যের ডায়েরিতে লেখা সেই 'ডক্টর বি কমপ্লিকেশন' হ্যান্ডেল করার একটা রুথলেস প্রসেস? আমরা যদি বলি, শাশ্বতকে খুন করার চেষ্টা হয়েছিল? ওঁর স্ত্রী তনিমা বরাত জোরে বেঁচে যান। তিনি এখনও বেঁচে আছেন, আপনিও তাঁর সঙ্গে যোগাযোগ রাখেন।
ঘরটা নিস্তব্ধ হয়ে গেল।
মাথা নীচু করে রাখলেন ডঃ সাহা। তারপর মাথা নাড়লেন, হ্যাঁ, চিনি।
মাথা তুললেন ডক্টর সাহা, বিক্রমের চোখের দিকে তাকিয়ে ফিসফিস করে বললেন, ওটা অ্যাক্সিডেন্ট ছিল না। শাশ্বত একটা ভয়ংকর সেনসিটিভ

মেডিক্যাল কেসে জড়িয়ে পড়েছিল। প্রভাবশালী এক ফ্যামিলির ব্যারিস্টার ওকে প্রেসার দিচ্ছিল সবটা গোপন রাখতে। তার কয়েক দিন পরেই সেই অ্যাক্সিডেন্ট।

- আর ওঁর স্ত্রী তনিমা? মতিলাল জিজ্ঞেস করলেন, তিনি তো বেঁচে গিয়েছিলেন। আপনিই তাঁকে হাসপাতালে রেগুলার ভিজিট করতেন। আপনি তাঁকে বিয়ে করতে চেয়েছিলেন, কিন্তু তিনি রাজি হননি। কেন ডক্টর? কন্ডিশনটা কি ছিল যে চন্দ্রলেখার পতন না হওয়া পর্যন্ত তিনি আপনাকে ধরা দেবেন না?

ডক্টর সাহার মুখটা ফ্যাকাশে হয়ে গেল। ওঁর এতদিনের গোপন প্রেম আর একতরফা অপেক্ষার ইতিহাস এভাবে সামনে চলে আসবে, ওটা ওঁর কল্পনার বাইরে ছিল।

তনিমা ভয় পেয়েছিল, ডক্টর সাহা বলতে শুরু করলেন, ও জানত জয়ন্ত নারায়ণের লোকেরা ওকে মারার জন্য হন্যে হয়ে খুঁজছে। ও হাসপাতাল থেকে একদিন উধাও হয়ে গেল। ওড়িশার এক গুরুর সাথে—শঙ্কর মহারাজ।

বিক্রমের চোখ সরু হয়ে এল, তার মানে আপনি স্বীকার করছেন যে তনিমা আর জগনের সেই ছেলে জগদানন্দ এখন গোপালপুরের আশ্রমে আশ্রিত। আজ রত্না আপনার কাছে এসেছিল কেন? তনিমা কি অসুস্থ?

ডক্টর সাহা মাথা নাড়লেন। না। শঙ্কর মহারাজ খুব অসুস্থ। তনিমা ওঁর জন্য সাহায্য চেয়ে পাঠিয়েছিল রত্নাকে। ও স্রেফ একজন মেসেঞ্জার হিসেবে কাজ করছিল। আমি রত্নাকে বলেছিলাম আমি হেল্প করব। তবে আমি দিল্লি পালাচ্ছিলাম না। আমি আমার অতীত থেকে পালাচ্ছিলাম। অতীত যখন সামনে এসে দাঁড়ায়, তখন দমবন্ধ লাগে। আমি ঠিক করেছিলাম দিল্লি থেকে গোপালপুর যাব।

মতিলাল কিছুক্ষণ চুপ করে থাকলেন। তারপর চেয়ার ছেড়ে উঠে দাঁড়ালেন, ঠিক আছে ডক্টর। আপাতত আপনাকে আটকে রাখব না। কিন্তু শহর ছাড়া চলবে না। তনিমা, শাশ্বত আর সেই ওড়িশার 'প্যাকেজ' নিয়ে আপনার পূর্ণাঙ্গ স্টেটমেন্ট আমাদের চাই।

ডক্টর সাহাকে যখন অমিত বাইরে নিয়ে গেল, মতিলাল বিক্রমের দিকে তাকালেন। কী বুঝলে ভায়া?

বিক্রম জানলার কাঁচ দিয়ে বাইরে রাতের রানওয়ে দেখতে দেখতে বলল, মতিবাবু, জয়ন্ত নারায়ণ কুড়ি বছর আগে একটা পাপের চারা পুঁতেছিলেন। আজ সেটা বিষবৃক্ষ হয়ে ফিরে এসেছে। তনিমা আর জগদানন্দ খুনের সঙ্গে কতটা জড়িত তা বলার সময় এখনও আসেনি। তবে আমরা মোটামুটি ঠিক দিকেই এগচ্ছি।

মতিলাল খুকখুক করে হাসলেন, এবার ওই বিপ্লবটাকে পাকড়াও করতে হবে। ভজনের সঙ্গেও কথা বলা দরকার।

১৯. পুরনো মিথ্যের জাল

এয়ারপোর্টে ডঃ বিপ্লব সাহার স্বীকারোক্তি জয়ন্ত নারায়ণ ভট্টাচার্যের সেই কুড়ি-বাইশ বছরের পুরনো মিথ্যের সাম্রাজ্যে প্রথম ফাটল ধরিয়েছিল।

এখন আর কোনও সন্দেহ নেই যে ডায়েরির সেই ‘প্যাকেজ’ ছিল একটা জ্যান্ত শিশু—জগন আর চন্দ্রলেখার নিষিদ্ধ সম্পর্কের ফল।

যার ফল ভুগতে হয়েছিল জগনকে।

জয়ন্ত নারায়ণের ডায়েরির ভাষায় তাকে 'হ্যান্ডেল' করা হয়েছে প্রথমে খুন করে, তারপর ঝুলিয়ে দিয়ে সুইসাইড বলে চালিয়ে দিয়ে।

যার হাতে বাচ্চাটি হয়েছিল, দ্বিতীয় এবং প্রধান সাক্ষী ডঃ শাশ্বত বিশ্বাসকে তারপর সরানো হয়েছিল একটি সাজানো 'অ্যাক্সিডেন্ট'-এর মাধ্যমে।

বহু বছরের পুরনো এইসব খুনগুলোর একটা গ্রহণযোগ্য ব্যাখ্যা রয়েছে। ফ্যামিলির মান ইজ্জত বাঁচাতে, নিজের মেয়ের কলঙ্কিত ভাবমূর্তিকে সামলাতে জয়ন্ত নারায়ণ শরণাপন্ন হয়েছিলেন কূলগুরু শঙ্কর মহারাজের। সন্তানসম্ভবা কিশোরী চন্দ্রলেখাকে নিজের আশ্রমে নিয়ে যান শঙ্কর মহারাজ। সেখানেই সন্তান জন্মানোর সময় শাশ্বতকে সাহায্য করে তনিমা, সেই সময় সে ছিল মেডিকেল কলেজের জুনিয়র ডাক্তার।

শাশ্বতকে বিয়ে করলেও তখন তনিমার প্রেমে একইসঙ্গে হাবুডুবু খাচ্ছিল ডঃ বিপ্লব সাহা।

আশ্রমে থাকার সময় তনিমা যেভাবে অনাথ বালক-বালিকাদের মধ্যে জনপ্রিয় হয়ে ওঠে, তা দেখে খুব খুশি হন শঙ্কর মহারাজ।

জায়গাটা এত ভাল লাগে ডাক্তার দম্পতির যে তারা শঙ্কর মহারাজকে জানায় যে তারা কলকাতার পাট চুকিয়ে এখানেই পাকাপাকি ভাবে চলে আসবে।

এসব তথ্য জানা যাচ্ছে ডাঃ বিপ্লব সাহার বয়ান অনুযায়ী।

কিন্তু কলকাতায় ফিরে আসার পরেই পরপর অস্বাভাবিকভাবে মৃত্যু হয় জগন ও শাশ্বতের। তনিমা বেঁচে গেলেও পালিয়ে গিয়ে আশ্রয় নেয় শঙ্কর মহারাজের আশ্রমে। সদ্য ভূমিষ্ঠ হওয়া সেই সন্তানের যাবতীয় দায়িত্ব সে নেয় মহারাজের অনুরোধে।

এতক্ষণ ডাঃ সাহার বয়ান নিয়েই আলোচনা করছিল মতিলাল ও বিক্রম।

বিক্রম বলল, কুড়ি বছর আগের খুনগুলোর মানে বোঝা যায়। কিন্তু এত বছর বাদে এই মা ও দুই মেয়েকে মারল কে? খুনের মোটিভই কী? কলকাতার এই হাড়কাঁপানো ভোরে উত্তরগুলো এখনও কুয়াশার মতোই অস্পষ্ট হয়ে আছে মতিবাবু।

মতিলাল বিক্রমের দিকে এগিয়ে দিলেন, একটা ধুলোমাখা ফাইল। বললেন, কামেশ্বর আর্কাইভে হাড়ভাঙা খাটুনি খেটে শেষ পর্যন্ত জগনের সেই পুরনো ফাইলটা উদ্ধার করেছে।

বিক্রমের চোখ বোলানো শেষ হলে মতিলাল জিজ্ঞেস করলেন, কী বুঝলে ভায়া? মতিলাল কফির কাপে চুমুক দিয়ে ফাইলের দিকে ইঙ্গিত করলেন।

বিক্রম ফাইলের পাতা ওল্টাতে ওল্টাতে বলল, পুরোটাই একটা সাজানো থিয়েটার মতিবাবু। ডঃ তাপস সেনের সই করা এই রিপোর্ট বলছে জগন গলায় দড়ি দিয়ে সুইসাইড করেছে। কিন্তু লিগেচার মার্কের বর্ণনা আর ইন্টারনাল ইনজুরির ডেটা একে অপরের সাথে কনট্রাডিক্ট করছে। দিস ইজ আ প্রফেশনাল লাই।

কামেশ্বর পাশ থেকে মতিলালকে জানাল, স্যার, ডঃ সেন এখন অবসরপ্রাপ্ত। দক্ষিণ কলকাতায় একাকী জীবন কাটান। বয়স আশি ছুঁইছুঁই। আমি ওঁর ফোন নাম্বার যোগাড় করেছি।

মতিলাল খুকখুক করে হাসলেন। ভেরি গুড, কামু। এই জন্যই তো তুমি আমার প্রিয় সাহিত্যিক। কামু—আলবেয়ার কামু! আগের জন্মে নির্ঘাত তুমি ফ্রান্সে বসে ‘দ্য আউটসাইডার’ লিখতে।

কামেশ্বর থতমত খেয়ে গেল, কিন্তু বিক্রম মুচকি হাসল।

হতভম্ব কামেশ্বর বলল, সাহিত্যিক? কী বলছেন স্যার? ভাল করে পেন ধরতেই পারি না। তবে মড়া দেখে বলে দেব, কীভাবে মরেছে।

মতিলাল খুকখুক করে হেসে বললেন, আগের জন্মে তুমি সাহিত্যিক, দার্শনিক ছিলে। তুমি জাতিস্মর হলে জানতে পারতে যে আসলে তোমার জন্ম হয়েছিল আলজেরিয়ায়। পরে ফ্রান্সে এসে আউটসাইডার, প্লেগ, মিথ অফ সিসিফাসের মত সব উপন্যাস লেখো। যাকগে, আপাতত বাংলায় ফিরে আসা যাক। এখন আমি ডক্টর সেনকে একটা ফোন লাগাই।

ফোনে অ্যাপয়েন্টমেন্ট চাইতে ওপার থেকে একটা খসখসে দুর্বল কণ্ঠস্বর ভেসে এল, এখনই চলে আসুন চিফ। এত দিন আমি এই ফোনটার অপেক্ষায় ছিলাম। আমার দিন আর রাতের ঘুম—দুটোই এখন ফুরিয়ে এসেছে।

দক্ষিণ কলকাতার একটা পুরনো অ্যাপার্টমেন্টে থাকেন ডাঃ সেন। ভোরবেলার সেই কনকনে ঠাণ্ডায় বিক্রম আর মতিলাল যখন ডাঃ সেনের ফ্ল্যাটে ঢুকল, তাদের অভ্যর্থনা জানাল কিছু জরাজীর্ণ আসবাবপত্র, পুরনো ছবি আর অনেক বই।

এসবের ভিড়ে বৃদ্ধ ডাক্তার বসে ছিলেন ওঁর সকালের চা নিয়ে। ওঁর হাত কাঁপছে।

দুর্বল গলায় বললেন, একটু চা খান। টি পট থেকে ঢেলে নিতে হবে। আমার হাত খুব কাঁপে। ভাবতেই পারি না যে এই হাতেই এক সময় একটানে মড়া কাটতাম।

মতিলাল সরাসরি জগনের ফাইলটা টেবিলের ওপর রাখলেন। বললেন, ডক্টর সেন, আমরা বহু পুরনো একটা অন্ধকার খুঁড়তে এসেছি। জগনের মৃত্যু... মনে পড়ছে?

ডক্টর সেন ফাইলের দিকে তাকালেন না। ওটা যেন একটা বিষধর সাপ। উল্টে

চোখ বন্ধ করে ফেললেন। তাঁর বন্ধ দুই চোখের কোণ থেকে নেমে এল দু ফোঁটা জল।
থেমে থেমে বললেন, জগনের মৃত্যুকে সুইসাইড বলে চালানোর উপহার স্বরূপ আমার মিলেছিল এই ফ্ল্যাটটা। কিনে দিয়েছিল জয়ন্ত নারায়ণ। চিফ, আই অ্যাম স্যরি। নাও আই অ্যাম রেডি টু বি অ্যারেস্টেড।
ডক্টর সেনের গলার অদ্ভুত তিক্ততা বদলে গেল অনুশোচণায়, নইলে আমার সামান্য মাইনেয় দক্ষিণ কলকাতায় মাথা গোঁজার ঠাঁই হত না।
বিক্রম সামনে ঝুঁকে বসল, রিপোর্টটা তার মানে মিথ্যে ছিল, কিন্তু ঠিক কী হয়েছিল?
ডক্টর সেন একটা দীর্ঘশ্বাস ফেলে বললেন, ওটা একটা বৃষ্টির রাত ছিল। মর্গে ডিউটি করছিলাম। হঠাৎ দুজন লোক এল—চান্দু আর ওর শাগরেদ ছোনি। ওরা একটা বডি নিয়ে এসেছিল। বলল, ভট্টাচার্য প্যালেসে ছেলেটা সুইসাইড করেছে। কিন্তু আমি পরীক্ষা করে দেখলাম ওটা মার্ডার। ছেলেটাকে আগে শ্বাসরোধ করে মারা হয়েছে, তারপর ঝুলিয়ে দেওয়া হয়েছে।
মতিলাল জিজ্ঞেস করলেন, তার মানে জয়ন্ত নারায়ণ ডিরেক্টলি ইনভলভড ছিলেন?
- পুরো স্ক্রিপ্টটা ওঁরই লেখা ছিল, ডক্টর সেন মাথা নিচু করে বললেন। চান্দু বলেছিল—বেশি প্রো-অ্যাক্টিভ হবেন না ডক্টর, আমরা আরও একজন ডাক্তারের ডেডবডি চাই না। আমি বুঝেছিলাম ওরা ডঃ শাশ্বত বিশ্বাসের কথা বলছে। তাছাড়া আমার স্ত্রী ক্যান্সারে ভুগছিলেন, একটা মাথা গোঁজার ঠাঁই খুব দরকার ছিল। ওরা যেখানে যেখানে বলেছিল, আমি লোভে পড়ে সই করে দিয়েছিলাম। কিন্তু এত বছর পর আজ আমি একা। স্ত্রী নেই, ছেলেও আমায় ছেড়ে চলে গেছে। আজ আর আমার কোনও ভয় নেই। আমি কোর্টে গিয়ে সত্যিটা বলব। ইউ ক্যান অ্যারেস্ট মি।
বিক্রমের চোয়াল শক্ত হলো। বলল, জয়ন্তের হয়ে চান্দু আর ছোনি... ওরাই তাহলে ডার্টি ওয়ার্কগুলো করত?
ডাঃ সেন বললেন, আসলে ওরা নোংরা কাজগুলো করত জয়ন্তের বন্ধু পানুলালের হয়ে। জয়ন্ত এ ব্যাপারে পানুলালের হেল্প চেয়েছিল বলেই মনে হয়।
ডক্টর সেনের ফ্ল্যাট থেকে বেরিয়ে বিক্রম আর মতিলাল যখন জিপে উঠলেন, তখন শহরের রাস্তা শীতের সকালে একটু একটু করে জেগে উঠছে।
ঠিক তখনই রাঘবের ফোন এল। ওর গলায় প্রচণ্ড উত্তেজনা,
স্যার! ভজনলাল! আমার সোর্স জানাল, ও হাওড়া স্টেশনে বিহারের ট্রেনের টিকিট কাটছে! মনে হচ্ছে ও পালাচ্ছে!
ভজনলাল। সেই পুরনো কাজের লোক, যে জগনকে কলকাতায় নিয়ে এসেছিল। যে জগনের মৃত্যুর সময় প্যালেসে ছিল না—যাকে জোর করে বিহারে পাঠিয়ে দেওয়া হয়েছিল।

মতিলাল বিক্রমের দিকে তাকালেন। কী মনে হয় ভায়া? মনে তো হয় না ও পালাচ্ছে বলে। আসলে অত বড় বাড়িতে একা থাকতে গিয়ে হাঁফিয়ে উঠেছে।
বিক্রম মাথা নাড়ল, আমারও তাই মনে হয় মতিবাবু। তবে ভজনলাল হয়তো এমন কিছু জানে যা ডক্টর সেন বা ডক্টর সাহাও জানেন না। এমনও হতে পারে যে ও থ্রেট ফিল করছে। ওকে দেশে যেতে দিন। দরকার হলে আমরা সেখানে গিয়ে ওর সঙ্গে কথা বলে নেব।
মতিলাল রাঘবকে বললেন, ওকে যেতে দাও। আমাদের একটা ছোট টিম বিহার যাবে। ভজনলাল আর এই বয়সে কোথায় পালাবে?

২০. জগনের শেষ চিঠি

ভজনলালের পিছু নেওয়ার সিদ্ধান্তটা ছিল একদম ইনস্টিংক্টটিভ।
ডঃ তাপস সেনের স্বীকারোক্তি ভট্টাচার্য প্যালেসের সেই আভিজাত্যের মুখোশটা টেনে খুলে দিয়েছিল ইতিমধ্যেই।
এখন আর কোনও সন্দেহ নেই যে জগনকে খুন করা হয়েছিল এবং সেই খুনের ব্লু-প্রিন্ট তৈরি করেছিলেন খোদ ব্যারিস্টার জয়ন্ত নারায়ণ ভট্টাচার্য।
খুব অল্প সময়ের নোটিশে বিহারের এক প্রত্যন্ত গ্রামে যাওয়ার ব্যবস্থা করা যে কোনও সময়ের জন্যই বেশ কঠিন কাজ।
সেটা মতিলাল বা বিক্রম জানত। ওরা তো আর কোটি কোটি টাকার মালিক নয় যে হেলিকপ্টার ভাড়া করবে। তাও যেখানে যাচ্ছে, তার আশেপাশে হেলিপ্যাড থাকাটাও একটা জরুরি শর্তের মধ্যে পড়ে।
সে যাই হোক, রাঘব কাজটা কিন্তু নিখুঁতভাবে অ্যারেঞ্জ করেছে।
ড্রাইভারের সিটে কনস্টেবল অমিত, যে কিনা খুব জোরে গাড়ি চালাতে পারে।
সুতরাং, অমিতের গাড়িতে বিক্রম আর মতিলাল একটা ছোট টিম নিয়ে ছাপরা ডিস্ট্রিক্টের পথে রওনা হল।
যাওয়ার আগে মতিলাল শেখরকে কড়া নির্দেশ দিয়ে এসেছেন—তনিমা, জগদানন্দ আর দুই 'বিপ্লব'-এর ওপরেই যেন কড়া নজর রাখা হয়।
ট্রেন যখন বাংলা ছেড়ে বিহারের সীমানায় ঢুকল, ধীরে ধীরে পাল্টে যেতে শুরু করল ল্যান্ডস্কেপটা।
বাতাস এখন অনেক বেশি রুক্ষ আর শুষ্ক।
বিক্রম গাড়ির জানলার দিকে তাকিয়ে ভাবছিল—জগন স্রেফ একজন পরিচারক বা ডায়েরির ভাষায় একটা 'ইস্যু' ছিল না। সে ছিল একটা জ্যান্ত মানুষ, যার সারল্যকে ব্যবহার করেছিল সেক্স অ্যাডিক্ট কিশোরী চন্দ্রলেখা। আর যখন সেই নিষিদ্ধ সম্পর্কের ফল গর্ভে চলে এল, তখন সেই সারল্যকেই সবার আগে বলি দেওয়া হল।

বিকেলের দিকে ওরা ছাপরা ডিস্ট্রিক্টের সেই গ্রামে পৌঁছল।

যতদূর চোখ যায়, কাঁচা মাটির রাস্তা, ধুলোর আস্তরণ আর সারি সারি খড়ের চালের ঘর।

পুলিশের গাড়ি গ্রামে ঢুকতেই একদল কৌতূহলী মানুষ ভিড় জমাল, যদিও মতিলাল ছাপরার এসি মহাদেব যাদবের সঙ্গে কথা সেরে রেখেছেন। লোকাল থানাকেও ইনফর্ম করে রাখা হয়েছে। কোনও সমস্যা হলেই যাতে ফোর্স চলে আসে।

বিক্রম আর মতিলাল ভজনলালের খোঁজ করতেই এক বৃদ্ধ আঙুল দিয়ে গ্রামের শেষ প্রান্তের একটা জরাজীর্ণ বাড়ি দেখিয়ে দিলেন।

ভজনলাল বাড়ির সামনেই একটি চারপাইতে বসে ছিল।

কোথায় জমকালো ভট্টাচার্য প্যালেস, আর কোথায় বড্ড ছোট আর ভাঙাচোরা খড়ে ছাওয়া ঘর।

ভজনলালকে অসহায় দেখাচ্ছিল।

বিক্রমদের দেখে ও অবাক হল না, বরং একটা দীর্ঘশ্বাস ফেলে মাথা নিচু করে বসে রইল। যেন ও জানত ওরা আসবে।

- ভজনলালজি, বিক্রম শান্ত গলায় বলল। আমরা কেন এসেছি, তা আপনি জানেন। আমরা সবই প্রায় জেনে গেছি। এবার আশা করি আপনি সত্যিটাই বলবেন।

ভজনলাল কোনও উত্তর না দিয়ে হাতজোড় করে ওদের বসার ইশারা করলেন। দুর্বল গলা তুলে ডাকলেন, এ মগন, ইধার আ বেটা।

ভেতর থেকে বেরিয়ে এল এক যুবক—জগনের ছোট ভাই মগন। ওর চোখে বুদ্ধির ছাপ স্পষ্ট, কিন্তু তা ছাপিয়ে রয়েছে যেটা রয়েছে তা হল চরম দারিদ্র।

মতিলাল যখন জগনের মৃত্যুর কথা তুললেন, মগনের গলা ধরে এল, জোর দিয়ে বলল, আমার ভাই আত্মহত্যা করতে পারে না বাবু। ও খুব হাসিখুশি, সাহসী ছেলে ছিল।

বিক্রম জগনের পড়াশোনা নিয়ে জিজ্ঞেস করতেই মগন ভেতরে গিয়ে একটা কাপড়ের পুঁটলি নিয়ে এল, বলল, দাদা ক্লাস এইট পর্যন্ত পড়েছিল বাবু। ওর খুব পড়ার ইচ্ছে ছিল, কিন্তু অভাবের সংসারে ওকে কাজে পাঠাতে হয়েছিল।

মগন পুঁটলিটা খুলল। ভেতরে তেইশ বছরের পুরনো কিছু হলদেটে চিঠি।

বিক্রম খুব সাবধানে একটা চিঠি খুলল।

হাতের লেখা পরিষ্কার। চিঠিগুলো পড়তে পড়তে বিক্রমের চোয়াল শক্ত হয়ে এল। মতিলালের দিকে তাকিয়ে বিড়বিড় করে বলল, কলকাতায় ফিরে চান্দু আর মনুলালের হিসেব মেটাতে হবে মতিবাবু।

মতিলাল খুকখুক করে হেসে বললেন, আমার জন্য কি কিছুই রাখবে না ভায়া?

বিক্রম বলল, চিঠিগুলো একবার পড়ুন মতিবাবু। আপনার রক্ত গরম হয়ে যাবে।

মতিলাল বিচিত্র মুখভঙ্গি করে বললেন, এমনিতেই আমার রক্ত গরম। সেদিন

বাংলোতে মনু হারামিটাকে দেখতে দেখতে শুধু মনে হচ্ছিল, দিই শালার কপালে একটা বুলেট ঠুকে। বিশেষ করে তুমি যখন ওর গাড়ির টায়ারের কথাটা বললে, মনে হচ্ছিল হারামজাদাটার গলা টিপে ধরি। কীভাবে দাঁড়িয়ে থেকে বাচ্চা মেয়েগুলোকে খুন করিয়েছে চান্দুদের দিয়ে। আর দেখো ভায়া, চন্দ্রলেখাই বা কী ধরনের মা?

বিক্রম বলল, ও মা নয়। ডাইনি।

জগন তার চিঠিতে চন্দ্রলেখার কথা লিখেছিল। শুরুতে ভালো লাগা, চন্দ্রলেখার দেওয়া ছোট ছোট উপহার, ওর সাথে কাটানো দুপুরগুলোর কথা রয়েছে।

কিন্তু শেষ দিকের চিঠিগুলোতে ভাষা বদলেছে, সেখানে ছিল শুধুই আতঙ্ক।

চিঠির অংশ: ছোট মেমসাহেব এখন বড্ড অসুস্থ। ওপরে কারও যাওয়া নিষেধ। আমি ওনাকে দেখতে গেছিলাম বলে বড় সাহেব (জয়ন্ত নারায়ণ) আমায় সরাসরি হুমকি দিয়েছেন। উনি বললেন—'তোকে যদি আবার ওপরে দেখি, তবে আমি তোকে মেরে ফেলব, তোর জ্যান্ত চামড়া ছাড়িয়ে নেব'।

জগনের শেষ চিঠিটা ছিল ওর মৃত্যুর মাত্র তিন দিন আগের।

সেখানে কোনও বিষণ্ণতা ছিল না, ছিল চরম বিভ্রান্তি আর ভয়। চন্দ্রলেখার হঠাৎ উধাও হয়ে যাওয়ার ঘটনাটা জগনকে মানসিকভাবে ভেঙে দিয়েছিল।

বিক্রম চিঠিটা ভাঁজ করে পকেটে রাখল। ভজন কাকা, জগনকে যে খুন করা হয়েছিল, সেটা আপনি জানতেন?

ভজনলাল একটা দীর্ঘশ্বাস ফেললেন, আগাগোড়াই সন্দেহ ছিল বাবু। কিন্তু বড় সাহেবের ভয়ে মুখ খুলিনি। আমি জগনকে বারণ করেছিলাম ওপরে যেতে। কিন্তু বাচ্চা ছেলে তো। ওর তো মনে কোনও পাপ ছিল না বাবু, ... , বলতে বলতে কান্নায় ভেঙে পড়ল বৃদ্ধ ভজনলাল।

বিক্রম ভজনের কাঁধে হাত রেখে বলল, জগনকে ফেরাতে পারব না, ভজন কাকা, তবে ওর খুনের বদলা আমরা নেব।

মতিলাল জিজ্ঞেস করলেন, তোমার আর কিসের ওপর সন্দেহ হয়েছিল?

ভজনলাল এবার নিচু গলায় বললেন, জগনের মৃত্যুর কিছুদিন আগে প্যালেসে এমন কিছু লোক আসত যাদের আগে কখনও দেখিনি। ওরা বড় সাহেবের স্টাডি রুমে মিটিং করত।

মতিলাল তীক্ষ্ণ গলায় বললেন, সেই লোকগুলো কি এখন আবার এসেছে?

ভজনলালের চোখে এক অদ্ভুত আতঙ্ক খেলে গেল। ও বিক্রমের দিকে তাকিয়ে বলল, হ্যাঁ বাবু। মেমসাহেবের মেয়েদুটো মরার ঠিক আগে আমি আবার সেই একই মুখগুলোকে প্যালেসের আশেপাশে ঘুরতে দেখেছি। সেই তেইশ বছর আগের সেই খুনিগুলোই আবার ফিরে এসেছিল। তারপর তো দেখলাম কীভাবে বড় মেমসাব, ছোট মেমসাবকে মারা হল।

বিক্রম আর মতিলাল মুখ চাওয়াচাওয়ি করলেন।

এই একটা জবানবন্দি পুরো রহস্যের সমাধান করে দিল মুহূর্তের মধ্যে। বিক্রম

বলল, তেইশ বছর আগের সেই খুনিরা এখনও অ্যাক্টিভ। আর সন্দেহ নেই যে প্রাথমিকভাবে মনুলাল ও চন্দ্রলেখার যৌথ নির্দেশ পালন করেছিল চান্দুর গ্যাং।

মতিলাল বললেন, কিন্তু চন্দ্রলেখাকে কেন প্রাণ দিতে হল। সবথেকে বড় প্রশ্ন হল, তাকে খুনই বা করল কে? কেউ কি তাহলে পুরনো প্রতিশোধ নিল?
বিক্রম বলল, বাবার মৃত্যুর প্রতিশোধ নিতে পারে জগনানন্দ। স্বামীর মৃত্যুর প্রতিশোধ নিতে পারে তনিমা। ডাঃ বিপ্লব ও চন্দ্রলেখার যৌনদাস বিপ্লব এই কাজে হেল্প করতেই পারে।
মতিলাল মাথা নাড়লেন, এদের প্রত্যেকেরই মোটিভ খুব জোরালো।
বিক্রমের কপালে বিখ্যাত তিনটে ভাঁজ, বিড়বিড় করে বলল, শুধু একটাই খটকা মতিবাবু।
- কী ভায়া?
বিক্রম বলল, সবাই মরে গেলে এতবড় প্রপার্টি কে পাবে? এতবড় ব্যারিস্টার জয়ন্ত নারায়ণ কি সেই সম্ভাবনাটা একেবারেই ভাবেননি?

২১. মুখ ও মুখোশ

ভজনলালের বয়ান সব হিসেব পাল্টে দিয়েছে। মনুলাল একাই যাননি প্যালেসে, ওঁর সাথে ছিল সেই অতীতের খুনিরা—চান্দু আর ছোনি। কুড়ি বাইশ বছর আগে ন্যাপা তখনও ওদের দলে ভেড়েনি। তবে আর ভিড়বেও না। ন্যাপা আর ছোনি এখন গঙ্গার নীচে রেস্ট নিচ্ছে।
কলকাতায় ঠাণ্ডাটা জাঁকিয়ে পড়লেও কুয়াশার তীব্রতাটা কমেছে। বিহারের রুক্ষ, শুকনো ছাপরা থেকে লম্বা জার্নি সেরে ফিরেছে বিক্রম আর মতিলাল। তবে এসব ক্ষেত্রে একটু ক্লান্ত হয়ে পড়লেও মগজে যখন উত্তেজনার আগুন জ্বলে তখন আর সেই ক্লান্তি কিছুতেই কাহিল করতে পারে না।
ইন্টারোগেশন রুমটা শীতাতপ নিয়ন্ত্রিত হলেও পরিবেশটা যেন ফুটন্ত কড়াইয়ের মতো তপ্ত।
বিহার থেকে ফেরার পরেই তুলে আনা হয়েছে মনুলাল আর বিপ্লবকে।
বিক্রম জানলার কাছে দাঁড়িয়ে ছিল, সেই সিগনেচার ব্ল্যাক জ্যাকেটের কলারটা তোলা।
মতিলাল বসে সকালের তৃতীয় কফিটায় চুমুক দিচ্ছেন।
শেখর আর রাঘব মনুলাল চক্রবর্তীকে নিয়ে এল। মনুলালের চোখেমুখে পরিস্কার ঔদ্ধত্য, যেন কোনো ভুলই ও করতে পারে না।
- মিস্টার চক্রবর্তী, শুরুতেই বলে রাখি, এটা আমার বাংলো নয়। এখানে আপনি যা বলছেন, তার ভিডিও রেকর্ডিং হচ্ছে। ফলে যা বলবেন, তা ভেবে বলবেন, ইন্ট্রোডাকশন দেওয়ার সময় মতিলালের গলাটা শোনাল হাড়হিম করা

ঠান্ডা আর নির্লিপ্ত।
বিক্রম ততক্ষণে মতিলালের টেবিলের পাশে এসে দাঁড়িয়েছে।
মতিলাল বিক্রমকে বললেন, তাহলে তুমিই শুরু করো ভায়া।
বিক্রম মনুলালকে বলল, আপনি চন্দ্রলেখার মার্ডারের দিন প্যালেসে গিয়েছিলেন এবং আপনার সঙ্গে ছিল চান্দু আর ছোনি। ভজনলাল সব দেখেছে, আমাদের জানিয়েছেও।
মনুলাল মুখটা ফ্যাকাশে হয়ে গেলেও সামলে নিল। কাঁধ ঝাঁকিয়ে বলল, ভজনলাল বুড়ো হয়েছে, কী দেখতে কী দেখেছে। মাথা খারাপ হয়ে গেছে ওর। আমি একাই গিয়েছিলাম।
বিক্রম এবার ধীর পায়ে মনুলালের পাশে এসে দাঁড়াল, মিথ্যে বলবেন না মনুলাল বাবু। আপনার আর চন্দ্রলেখার সেই ঝগড়া পুরো পাড়া শুনেছে। আপনার সঙ্গের দুই গুণ্ডা নিচে ওয়েট করছিল আর আপনি ওপরে গিয়ে ওকে থ্রেট করছিলেন। এবার বলুন, প্রপার্টি নিয়ে আপনার আর চন্দ্রলেখার মধ্যে কী ডিল হয়েছিল? কেনই বা গণ্ডগোল বাঁধল।
মনুলাল থতমত খেল। কারণ, ঠিক সেই সময় রাঘব ঘরে নিয়ে এসেছে বিপ্লবকে।
বিপ্লব আর মনুলাল একে অপরের মুখোমুখি হতেই ঘরটার তাপমাত্রা যেন আরও কয়েক ডিগ্রি বেড়ে গেল।
বিক্রম ইশারায় বসতে বলল বিপ্লবকে।
মতিলাল বললেন, তুমি রত্নাকে ডঃ সাহার কাছে কেন পাঠিয়েছিলে আর কাল রাতে হোটেল ক্যাপিটালে কেন গেলে—সবই আমরা জানি বিপ্লব। এবার সত্যিটা বলে ফেলোতো লক্ষী ছেলের মতো।
বিপ্লব অসহায়ভাবে মনুলালের দিকে তাকাল। ঢোঁক গিলল।
ওর হাত কাঁপছে। ও কাঁপাকাঁপা গলায় বলল, স্যার, আমি কোনও মার্ডারের সঙ্গে যুক্ত নই। জগদানন্দ মহারাজ আর তনিমা ম্যাডামের সাথে চন্দ্রজার প্রথম যোগাযোগ হয়। কুড়ি বছর আগের সেই ঘটনা জানার পর চন্দ্রজা আমাকে সব বলেছিল। আমি ভয় পেয়ে গিয়েছিলাম, ওকে বলেছিলাম, তুমি এসবের মধ্যে থেকো না। বিপদে পড়ে যাবে। কিন্তু ও শুনল না। সোজাসুজি মাকে গিয়ে চার্জ করল, জানতে চাইল সেই সময় ঠিক কী হয়েছিল? মা আর মেয়ের মধ্যে তখন তুমুল ঝগড়া হয়। তার তিন দিনের মাথায় চন্দ্রজার ডেডবডি পাওয়া যায়।
মতিলাল এবার মোক্ষম চালটা চাললেন, যে রাতে চন্দ্রজাকে মেরে ফেলা হচ্ছে তার ঘরে, তখন চন্দ্রলেখা তোমাকে ওর ঘরে ডেকে নিয়ে ঠিক কী করেছিল। ডিড ইউ হ্যাভ এনি সেক্সুয়াল কনট্যাক্ট? ইউ ওয়্যার হার বেড-পার্টনার, রাইট?
কথাটা মনুলালের কানে যেন তপ্ত সিসার মতো ঢুকল। ও হিতাহিত জ্ঞান হারিয়ে চেয়ার ছেড়ে লাফিয়ে উঠল, তুই সেই রাতে চন্দ্রার সাথে শুয়েছিলি?
মনুলাল চাবুকের মত ঘুরল মতিলালের দিকে, কী বলছেন স্যার? এই হারামি বিপ্লবটার সাথে বৌদির রিলেশন ছিল?

মতিলাল খুকখুক করে হাসলেন, শুধু রিলেশন নয়। চন্দ্রলেখা রীতিমত রিলে করে বিপ্লবকে দিয়ে নানারকম অতৃপ্ত বাসনা মেটাত। ও যে ম্যাসোকিস্ট ছিল, চাবুকের বাড়ি না খেলে যে ওর আকাঙ্ক্ষা মিটত না, তা কি তুমি জানো না বাছা?
বিক্রমও তার বিরল মুচকি হাসিটা হাসল, কেন মনুলাল বাবু, আপনি জানতেন না? তবে উঠে দাঁড়াবেন না। না বসলে কিন্তু চেয়ারের সাথে বেঁধে রাখব আপনাকে।
মনুলাল সামলাতে পারল না নিজেকে। প্রথমে বিড়বিড় করে অশ্রাব্য গালিগালাজ শুরু করল বিপ্লবকে উদ্দেশ্য করে। তারপর ও যখন উঠে দাঁড়িয়ে তেড়ে যেতে গেল, মতিলাল হঠাৎ দাঁড়িয়ে লম্বা হাত বাড়িয়ে একটা কড়া থাপ্পড় কষালেন মনুলালের গালে।
চড়টায় এত জোর ছিল যে মনুলাল টলে পড়ে গেল।
বিক্রম ক্যামেরাম্যানকে বলল, কাট কাট। এই সিনটা বাদ যাবে।
বিক্রম বিদ্যুৎগতিতে মনুলালের কলার ধরে তুলে হিড়হিড় করে চেয়ারে টেনে বসাল।
- অ্যাই! একদম চুপ! একটাও কথা নয়। তাহলে তোকেও এবার ছোনি, ন্যাপার সঙ্গে গঙ্গার তলায় পাঠাব। বিক্রমের আওয়াজটা গর্জনের মতো শোনাল।
মনুলালের চশমাটা ছিটকে গেছিল।
উঠে দাঁড়িয়ে ও প্রচণ্ড আক্রোশে মতিলালের দিকে তাকিয়ে বলল, তোর এত বড় সাহস তুই আমায় টাচ করিস! একটা নীচু জাত, দলিত হয়ে তুই আজ অনেক বড় হয়ে গেছিস না? আমাকে একবার বেরোতে দে, তোকে আমি দেখিয়ে দেব আসল বস কে!
মতিলাল এবার আর হাত তুললেন না। ওঁর চোখে খেলে গেল একটা বিচিত্র ঘৃণা। মনুলালদের মুখ কীভাবে বন্ধ করতে হয়, তা তিনি জানেন। শুধু চড়-থাপ্পড়ে কাজ হয় না। আর একটু কড়া ডোজ দিতে হয়।
রাঘব এগিয়ে এসে মনুলালের আঙুলটা এমনভাবে মুচড়ে ধরল যে যন্ত্রণায় ও চিৎকার করে উঠল, নীল হয়ে গেল ওর মুখটা।
মতিলাল ঠাণ্ডা গলায় বললেন, ইউ আর আণ্ডার অ্যারেস্ট। চন্দ্রলেখা ভট্টাচার্য আর তাঁর দুই মেয়ের ফার্স্ট ডিগ্রি মার্ডার চার্জে। রাঘব, একে নিয়ে যাও।
রাঘব আর শেখর মনুলালকে টানতে টানতে লক-আপের দিকে নিয়ে গেল। মনুলাল তখনও আহত বাঘের মতো গর্জন করে যাচ্ছিলেন। দূর থেকেও পাওয়া যেতে লাগল ওর চিৎকার চেঁচামেচি।
ইন্টারোগেশন রুমে এখন শুধু বিক্রম, মতিলাল আর ফ্যাকাশে হয়ে যাওয়া বিপ্লব।
বিক্রম নিজের সিটে শান্তভাবে বসে বলল, এখন তোমার গল্পটা বলো বিপ্লব। এক ফোঁটা মিথ্যে বলবে না। মনুলালের সাথে একই লক-আপে রাত কাটাতে না চাইলে যা জানো সব বলো।
বিপ্লব কান্নায় ভেঙে পড়ল। স্যার, আমি সব বলছি... সব বলছি।

২২. রক্তাক্ত আংটি

লক-আপের দরজাটা যখন সজোরে বন্ধ হলো, সেই যান্ত্রিক শব্দটা পুরো প্রতিধ্বনিত হলো ইন্টারোগেশন রুমে।

মনুলাল চক্রবর্তীর সেই কদর্য চিৎকার আর জাত-পাতের অহংকার এখন দেওয়ালের ওপাশে বন্দি। কিন্তু ইন্টারোগেশন রুমের ভেতরে যে গুমোট স্তব্ধতা দানা বেঁধেছে, সেটা আরও বেশি ভয়ংকর।

বিক্রম টেবিলের এক কোণে হেলান দিয়ে দাঁড়িয়ে, ওর দু-চোখ এখন বিপ্লব-এর ওপর।

বিপ্লব এখন যেন স্রেফ একটা ভয়ে কুঁকড়ে যাওয়া মাংসপিণ্ড।

মনুলালের ওপর বিক্রম আর মতিলালের র‍্যাপিড অ্যাকশনের জের ওর ওপর কী ধরনের প্রভাব ফেলেছে, তা ওর মুখ দেখলেই বোঝা যায়।

মতিলাল ধীরস্থিরভাবে নিজের চেয়ারে বসলেন।

বিক্রম পাশের চেয়ারে বসল, ওর নজর বিপ্লবের ওপর থেকে একচুলও সরেনি।

এবার তোমার পালা, বিপ্লব... মতিলালের গলা এখন মখমলের মতো নরম, কিন্তু তাতে শ্লেষ মেশানো, মনুলালের দশা তো দেখলে। ওটা ওর অহংকারের দাম। আমি জানি তুমি ওর মতো নও। তুমি স্রেফ পরিস্থিতির শিকার। এবার বলো, গোপালপুরের জগদানন্দ মহারাজ আর তনিমার সাথে তোমার যোগাযোগ হলো কী করে? সবটা বলো, শুরু থেকে।

বিপ্লব ঢোক গিলল। ওর শুকনো ঠোঁটগুলো কাঁপছে।

ও বিক্রমের চোখের দিকে একবার তাকিয়েই চোখ নামিয়ে নিল।

ও বুঝে গেছে, এই দুজনের কাছে মিথ্যে বলা মানে নিজের কফিনে শেষ পেরেকটা পোঁতা।

- সব বলছি স্যার... সব বলছি। প্লিজ আমাকে প্রোটেকশন দিন। নইলে মনুলাল এখান থেকেই বেরিয়েই আমাকে মেরে দেবে। ঠিক যেভাবে ও সবাইকে মেরেছে। বিপ্লব ফিসফিস করে বলল।

মতিলাল খুকখুক করে হাসলেন, ও বেঁচে থাকলে তবে তো তোমাকে মারবে। তাই না?

বিপ্লব মতিলালের দিকে একবার তাকাল, ওর চোখে অবিশ্বাসের দৃষ্টি।

ফের ভিডিও রেকর্ডিং শুরু হল, বিপ্লবের কথা দিয়ে, এইসব শুরু হয়েছিল এইবছর শরৎকালে, পুজোর ঠিক আগে।

বিপ্লবের গলার স্বর কেঁপে গেল, বড় মেয়ে চন্দ্রজা ওঁর মা-র ওপর খুব রেগে ছিল। কারণ, ও প্যালেসের ভেতর কিছু পুরনো কাগজ আর একটা ডায়েরি খুঁজে পায়। জয়ন্ত নারায়ণ ভট্টাচার্যের মূল ডায়েরি। যেখানে পাপের সব বয়ান লিখে রাখতেন জয়ন্ত। হয়ত এই কাজটা উনি করতেন বিবেকের তাড়নায়। ওখানেই চন্দ্রজা প্রথম জগন আর সেই ওড়িশার আশ্রমে জন্ম নেওয়া ওর দাদার

কথা জানতে পারে। ও কাউকে কিছু না জানিয়ে ফোনের মাধ্যেম সরাসরি যোগাযোগ করে ওই আশ্রমে। সেই ফোন পেয়ে কলকাতায় আসে তনিমা আর জগদানন্দ মহারাজ। কলেজে গিয়ে চন্দ্রজার সাথে দেখা করে। ওরা ওকে সব ঘটনা বলে দেয়। কীভাবে মারা হয়েছিল জগনকে, কীভাবে মারা হয়েছিল ডাঃ শাশ্বত বিশ্বাসকে। কীভাবে তনিমা ম্যাডামের প্রাণ বাঁচিয়ে তাঁকে নিজের আশ্রমে লুকিয়ে রেখেছিলেন শঙ্কর মহারাজ। কারণ তিনিও জানতেন না, তাঁর শিষ্যটি কতটা ভয়ঙ্কর।

বিক্রম এবার সামনে ঝুঁকে এল। ওঁর কণ্ঠস্বর তীক্ষ্ণ, তার মানে ওদের সঙ্গে কথা বলার পর চন্দ্রজাই প্রথম মা-কে গিয়ে চার্জ করে?

- হ্যাঁ স্যার। প্রথমে আমাকে বলেছিল, আমি ওকে নিষেধ করেছিলাম এসবের মধ্যে জড়াতে। বিপ্লব মাথা নীচু করল, চন্দ্রজা আমার কথা শোনেনি। যখন চন্দ্রলেখাকে জানাল যে ও সব জেনে গেছে, চন্দ্রলেখা পাগলের মতো হয়ে গেলেন। নিজের মেয়েকে 'বিশ্বাসঘাতক' বলে গালি দিলেন। আর তার ঠিক দুদিন পরই... চন্দ্রজার ডেডবডি পাওয়া গেল। ঠিক এক মাস পর ছোট মেয়ে খুশি বা চন্দ্রিমাকেও মরতে হলো একই কারণে। চন্দ্রলেখা তখন আর কাউকে বিশ্বাস করতে পারছিলেন না।

বিপ্লব কিছুক্ষণ থামল, ওর চোখ দিয়ে জল গড়িয়ে পড়ছে।

নিজের মনেই বলতে লাগল, চন্দ্রলেখা আমাকে দিয়ে সব করাতেন। একদিন রাতে ওঁর লালসা মেটানোর পর উনি আমাকে সোজাসুজি বলেছিলেন—'আমি আমার মেয়েদের মেরেছি কারণ ওরা আমার প্রপার্টি ছিল। তোকেও মেরে ফেলতাম বিলু, কিন্তু তুই না থাকলে আমাকে এই সুখ কে দেবে?'

মতিলাল চিবিয়ে চিবিয়ে বললেন, হু হেল্পড হার? একা তো সম্ভব নয়।

- মনুলাল, বিপ্লব উত্তর দিল। মনুলাল আর সেই পুরনো খুনিরা—চান্দু আর ছোনি। এরা তো মনুলালের বাবার আমল থেকেই ওই পরিবারের হয়ে যাবতীয় নোংরা কাজগুলো করত। সেটা চন্দ্রলেখাও জানতেন। ফলে নিজের মেয়েদের সাইলেন্ট করার জন্য ওদের সুপারি দিয়েছিলেন। কিন্তু গোলমাল বাঁধল প্রপার্টি নিয়ে। মনুলাল এবার চন্দ্রলেখাকে ব্ল্যাকমেল করতে শুরু করল। ও চেয়েছিল এতবড় প্রপার্টির পুরোটাই প্রোমোটিং করবে। সম্পত্তিতে ও ভাগ বসাতে চাইছিল। চন্দ্রলেখা তাতে রাজি হননি। উল্টে মনুলালকে হুমকি দেয় যে মেয়েদের খুনের দায়ে ওকে ফাঁসিয়ে দেবে।

মতিলাল তাঁর দিনের সপ্তম কফিতে চুমুক দিয়ে বললেন, ফলে মনুলাল ঠিক করে পথের কাঁটা একেবারেই সরিয়ে দেবে, বেশ বোঝা গেল। এবার চন্দ্রলেখার খুনের দিনের কথা বলো। ওই বিকেলে প্যালেসের দোতলায় ঠিক কী হয়েছিল?

বিপ্লব ঘামতে শুরু করেছে। কপালের ঘাম মুছে বলল, ভজনলাল ঠিকই দেখেছে স্যার। মনুলাল ওইদিন চান্দু আর ছোনিকে নিয়ে এসেছিল। ওরা নিচে ছিল, আর মনুলাল ওপরে গিয়ে চন্দ্রলেখার সাথে প্রচণ্ড ঝগড়া শুরু করে।

চন্দ্রলেখা ওকে 'ব্ল্যাকমেলার' আর 'প্রতারক' বলে বাড়ি থেকে বের করে দেন। মনুলাল যাওয়ার পর চন্দ্রলেখা হিস্টিরিয়া পেশেন্টের মতো কান্নাকাটি শুরু করেন। ওঁর ঘরে তখন আমি একা ছিলাম। উনি দরজা লক করে আমাকে সব কবুল করলেন।

মতিলাল জিজ্ঞেস করলেন, কী বললেন তিনি?

- উনি বললেন মনুলাল, চান্দু আর ছোনিই মেয়েদের মেরেছে। কিন্তু এখন মনুলাল সব হাতাতে চায়। চন্দ্রলেখা তখন আমাকে জড়িয়ে ধরে কাঁদতে কাঁদতে বললেন—'বিলু, আমি তোর সন্তানের মা হতে চলেছি। আমাকে বাঁচা। চল আমরা মনুলালদের মেরে ফেলি। যত টাকা লাগে খরচ করব। তারপর আমরা বিয়ে করে এখান থেকে অন্য কোথাও চলে যাবো'।

বিপ্লব মাথা নিচু করল, স্যার, আমি কনফিউজড হয়ে গিয়েছিলাম। আমি কিছু না বলে ওখান থেকে পালিয়ে রত্নার কাছে চলে যাই। আমি আর প্যালেসে ফিরিনি সেই রাতে। পরদিন সকালে ওঁর মৃত্যুর খবর পাই। তবে পুলিশ আসার আগে, ক্রাইম স্পট থেকে আমি এমন একটা জিনিস পেয়েছিলাম, যেটা নিয়ে আমি কী করব ভেবে পাচ্ছিলাম না। ফলে রত্নার ফোন থেকে ওড়িশার আশ্রমে ফোন করি। ওঁরা আমার সঙ্গে দেখা করতে রাজি হন।

বিক্রম এবার সরাসরি বিপ্লবের চোখের দিকে তাকিয়ে বলল, প্যালেসে ফেরার পর তুমি কী খুঁজে পেয়েছিলে?

বিপ্লব কাঁপতে কাঁপতে পকেট থেকে একটা রুমাল বের করল। রুমালটা খুলতেই ঝকঝকে রোদে দেখা গেল একটা সোনার আংটি। ওতে লেগে আছে রক্তের কালচে দাগ। আংটির ভেতরে খোদাই করা বড় হাতের একটা অক্ষরে লেখা—মনুলাল।

এটা চন্দ্রলেখার খাটের নিচে পড়েছিল স্যার, বিপ্লব বিড়বিড় করে বলল, আমি ভয়ে কাউকে বলিনি। পরে তনিমা ম্যাডাম আর জগদানন্দ যখন কলকাতায় এলেন, আমি ওঁদের দেখাই। ওঁরাই বললেন এটা আপনাদের হাতে তুলে দিতে।

মতিলাল একটা প্লাস্টিক ব্যাগে আংটিটা তুলে নিলেন।

বিক্রমের দিকে ঘুরে বললেন, বুঝলে ভায়া, মনুলাল আর মার্ডার এখন আমাদের কাছে সমার্থক হয়ে গেল। এর থেকে বড় প্রমাণ আর কিছু হয় না।

বিক্রম বলল, আমি নিশ্চিত ওই রক্ত চন্দ্রলেখার। ফরেনসিকেই বেরিয়ে যাবে। চান্দুরা সঙ্গে থাকলেও চন্দ্রলেখাকে নিজের হাতেই খুন করেছে মনুলাল। এটা পিওরলি রিভেঞ্জ মার্ডার।

মতিলাল হাসলেন, চন্দ্রলেখা নিজের মেয়েদের মেরেছিলেন মনুলালের সাহায্যে। আর মনুলাল যখন দেখল চন্দ্রলেখা ওকে উল্টে ফাঁসিয়ে দিতে পারে, তখন ও নিজেই চন্দ্রলেখাকে শেষ করে দিল। সার্কেল ইজ কমপ্লিট, ভায়া।

বিক্রম চেয়ার থেকে উঠে আড়মোড়া ভাঙল, সোজা হয়ে দাঁড়াল। ওর চোয়াল শক্ত।

বিক্রম হিমশীতল গলায় বলল, সব হিসেব মিলে গেছে মতিবাবু। শুধু ওই একটা নেকড়েকে ধরা বাকি। চান্দু। আমি চান্দুর ফোন নম্বর পিজিকে পাঠিয়েছিলাম। ওর লোকেশন এখন আমার কাছে। চান্দু জিপিএস ট্র্যাকার অফ করে দিয়ে ভেবেছিল লুকিয়ে থাকবে।
মতিলাল ঘড়ি দেখলেন, উঠে দাঁড়ালেন, বিপ্লবকে বললেন, তুমি আপাতত আমাদের কাস্টডিতে থাকলেই সেফ থাকবে। তাছাড়া এই কেসে তোমাকে আমাদের দরকার। ফলে শেখর তোমার থাকার ব্যবস্থা করবে।
বিপ্লব কিছু একটা বলতে যাচ্ছিল। থামিয়ে দিলেন মতিলাল, বললেন, কোনও চিন্তা নেই। রত্না যাতে সেখানে আসতে পারে, তার ব্যবস্থাও আমরা করে দেব। তারপর তুমি যখন বিয়ে করবে, তখন আমরা সেই পার্টিতে ডান্ডি নাচ নাচব। কি ভায়া?
বিক্রম মুচকি হাসল, সে তো বটেই। তাছাড়া ওকেও তো ডান্ডার বাড়ি খাওয়া থেকে আমরা বাঁচালাম।
মতিলাল খুকখুক করে হাসলেন, তুমি কোন ডান্ডার কথা বলছো ভায়া? আমার তো সব গুলিয়ে যাচ্ছে। যাকগে, সব গুলিয়ে যাওয়ার আগে চান্দুর পেটে গুলিটা ভরে দিয়ে আসা যাক। বলো কোথায় হারামজাদাটা লুকিয়ে রয়েছে?

২৩. তিলজলার এনকাউন্টার

কলকাতার এই প্রান্তটা বেশ অন্যরকম। একদিকে সেভেন স্টার হোটেলের ভিড়, ঝাঁ চকচকে রাস্তা চোখ ধাঁধিয়ে দিলে কী হবে অন্যদিকে খাঁ খাঁ করছে। মাঝখানে শুধু মাথার ওপর দিয়ে গিয়েছে মেট্রো রেলের লাইন। তার ওপাশে ধূ ধূ প্রান্তর।
বাইপাসের একপাশে এই ভাগাড়কে দূর থেকে দেখলে মনে হবে পাহাড়ি এলাকা। সারা শহরের আবর্জনার স্তূপ জমতে জমতে পাহাড়ের আকার নেয়। মাঝেমাঝে আবর্জনার সঙ্গে, দাবিদার-না-মেলা, বেওয়ারিশ লাশ যখন পোড়ানো হয়, তখন তার গুমোট গন্ধ চারদিক আরও ভারি করে তোলে। চারদিকে পচা আবর্জনার স্তুপের ওপর জমে আছে ভোরের কুয়াশা।
শীতের এই শেষ রাত আর ভোরের মাঝখানের জায়গটা খুব রহস্যময়। এখানে খুব স্বাভাবিকভাবেই জনমানুষের চিহ্ন নেই।
ধীর গতিতে পুলিশের জিপটা মেইন রোড ছেড়ে একটা কাঁচা রাস্তায় ঢুকল। হেডলাইট নেভানো।
ড্রাইভিং সিটে অমিত। পাশে মতিলাল নিজের গ্লক পিস্তল-টা একবার চেক করে নিলেন।
পেছনে বিক্রম। ওর হাতে একটা কালো ট্যাকটিক্যাল কেস। ওখান থেকে ও বের করল একটা কাস্টমাইজড কোমরের বেল্ট যাতে গোঁজা আছে বারোটা ধারালো ছুরি। বিক্রম গুলি বন্দুকের থেকেও নিজের হাত, পা আর ছুরিতেই

বেশি বিশ্বাস করে। ওর ছুরি ছোটে পিস্তলের গুলির থেকেও আগে।
বিক্রমের পেছন পেছন নামল আর একটি ছায়ামূর্তি। একটু ছোটখাটো, দড়ি পাকানো পেশীবহুল চেহারা। মাথা যদিও সম্পূর্ণ কামানো, কিন্তু তা এখন ঢাকা কালো কাপড়ে, কম্যান্ডোদের মত।
বিষ্ণু থাপা। যে কোনও ক্রিটাক্যাল অ্যাকশনে বিক্রমের ডানহাত।
মতিলাল নিচু গলায় বললেন, বুঝলে ভায়া, ভাগাড়ের এই কোল্ড স্টোরেজটা চান্দুর পুরনো ডেরা। জয়ন্ত নারায়ণ আর পানুলালদের যত 'ডার্টি অ্যাসেট' সব এখানেই প্রসেস করা হত এক সময়। ও যে ঠিক কত মার্ডার করেছে বা করিয়েছে, তার হিসেব চিত্রগুপ্তও রাখতে ভুলে গেছে।
বিক্রম জানলার বাইরে নজর রেখে বলল, পিজি-র ট্র্যাকার বলছে চান্দু ভেতরেই আছে। ও জিপিএস অফ করলেও ওর ফোনের আইএমইআই নম্বরটা পিজি ডেনমার্ক থেকে অনবরত পিং করছে। ও এখন ট্র্যাপড। জানে না আমরা ওর সন্ধান পেয়ে গেছি।
গাড়িটা একটা পরিত্যক্ত কোল্ড স্টোরেজের থেকে বেশ কিছুটা দূরে থামল। বিক্রম আর বিষ্ণু নিঃশব্দে গাড়ি থেকে নেমে পড়ল।
মতিলালও নামলেন। ওঁর পুরনো পুলিশের বুটে সামান্য আওয়াজ হলেও, বিক্রম ও বিষ্ণুর নড়াচড়ায় কোনও আওয়াজ নেই। যেন দুটো কালো ছায়া কুয়াশার ভেতর দিয়ে গলে যাচ্ছে।
বিক্রম বলল, মতিবাবু, আমি আর বিষ্ণু ঢুকব। আপনি বাইরেটা কভার করবেন।
মতিলাল ফিসফিস করে বললেন, আমার জন্য কিছু রেখো ভায়া।
বিল্ডিংটার অবস্থা জরাজীর্ণ। বড় বড় লোহার গেটে জং ধরেছে। বিক্রম ইশারায় মতিলালকে ডান দিকটা কভার করতে বলল। ও নিজে একটা ভাঙা জানলা দিয়ে ভেতরে ঢোকার সিদ্ধান্ত নিল। বিক্রমের ইশারায় অন্যদিকের জানলা দিয়ে ঢুকল বিষ্ণু।
ভেতরটা গুমোট হয়ে থাকলেও একটা অদ্ভুত হিমশীতল ভাব। ওপর তলা থেকে কথা বলার আওয়াজ পাওয়া যাচ্ছে।
সিঁড়ি দিয়ে উঠতে উঠতেই শোনা গেল চান্দু জোয়ারদারের কর্কশ গলা। কাউকে ও ধমকাচ্ছে, মনুবাবুকে তুলে নিয়ে গেছে পুলিশ, আর তুই বলছিস এখানে কচি খোকা সেজে লুকিয়ে থাকব? ছোনি আর ন্যাপার কোনও খোঁজ নেই। কিছু একটা বড়সড় গণ্ডগোল হয়েছে। তোরা কি সব চুড়ি পরে বসে আছিস?
বিক্রম একটা পিলারের আড়ালে গিয়ে দাঁড়াল। অন্য পিলারের আড়ালে পজিশন নিল বিষ্ণু।
ও দেখল ওপরের একটা ভাঙা ব্যালকনিতে দাঁড়িয়ে চান্দু একটি মোটাসোটা কুস্তিগীরের মত চেহারার লোকের সঙ্গে কথা বলছে। লোকটার বুক পর্যন্ত দাড়ি, কোমরে গোঁজা একটা বিদেশি রিভলভারের বাঁটটা উঁচিয়ে আছে।
আরও বেশ কয়েকটা ছেলে আশেপাশে ছড়িয়ে আছে।

একটা ছেলে বলল, বস, তুমি শুধু একবার বলো, ওই টিকটিকি আর তার শাগরেদটাকে টপকে দিয়ে আসি।
চান্দু বলল, ওদের মারা ছাড়া আমাদের সামনে আর কোনও রাস্তা খোলা নেই। মনুবাবু শহরের সেরা ল-ইয়ারদের হায়ার করে ঠিক বেরিয়ে আসবে। মাঝখান থেকে পুলিশ তোদের তুলে নিয়ে গিয়ে এনকাউন্টার করে দেবে।
মোটা কুস্তিগীরের মত লোকটা মানানসই হেঁড়ে গলায় বলল, তার আগেই আমাদের কাউন্টার খুলতে হবে।
চান্দু বলল, ঠিক, ডেথ কাউন্টার।
ঠিক এই সময় বিক্রম পিলারের আড়াল থেকে বেরিয়ে এসে বলল, কাউন্টারের প্রথম খদ্দেরটা কে হবে রে চান্দু?
ব্যাপারটা বুঝে ওঠার আগেই অন্য পিলারের আড়াল থেকে বেরিয়ে এসেছে বিষ্ণু, পৌঁছে গেছে ছড়িয়ে ছিটিয়ে থাকা চান্দুর শাগরেদদের কাছে।
চান্দুর সঙ্গী মোটা কুস্তিগীর হাতে পিস্তল তোলার আগেই দু-পায়ের ফাঁকে লাথি খেয়ে মাটিতে পড়ে যন্ত্রণায় কাতরাতে শুরু করল।
চান্দুকে নিয়ে যে বিক্রমের অন্য ভাবনা ছিল, তা বোঝা গেল যখন ওপর থেকে নীচে চান্দুর বিশাল চেহারাটা আছড়ে পড়ল নীচে দাঁড়িয়ে থাকা মতিলালের পায়ের কাছে।
সকালের কফিটা না খাওয়ার ফলে মতিলালের একটু চোখ টেনে আসছিল, সেই ঘুমঘুম ভাবটা চটকে গেল, পায়ের কাছে চান্দুর রক্তাক্ত শরীরটা আছড়ে পড়তেই।
মতিলাল মুখ তুলে তাকাতেই দেখলেন, বিক্রমের বিরল হাসিটা।
বিক্রম বলল, আরও আসছে।
তারপর ওপর থেকে একের পর এক বডি পড়তে শুরু করল নীচের ধাতব কংক্রিটের ওপর। নানা ধরনের শব্দের সঙ্গে যোগ হয়ে গেল কাতর আর্তনাদ।
মতিলাল খুকখুক করে হাসতে হাসতে বললেন, ইস, একটা ক্যামেরাম্যান থাকলে কী ভালই না হত? এটা যে কোনও সিনেমার ভাল অ্যাকশন সিকোয়েন্স হতে পারত।
চারদিক থেকে শুধু ভেসে আসছে কাতর আর্তনাদ, ওরে বাবারে, ওরে মারে, এভাবে কেউ মারে?
চান্দুর মাথায় গ্লক ঠেকাতেই, খাবি খেতে খেতে, কাতরাতে কাতরাতে চান্দু বলল, মারবেন না স্যার..., মারবেন না। আমি সব বলছি। আমি শুধু অর্ডার পালন করেছি, চান্দুর কাতর স্বর শেষদিকে ফোঁপানিতে বদলে গেল।
মতিলাল ওর কানের কাছে গিয়ে বললেন, কার অর্ডার? মনুলালের? নাকি চন্দ্রলেখার? নাকি তেইশ বছর আগের সেই মৃত ব্যারিস্টারের?
চান্দু কাঁপতে কাঁপতে বলল, আমি সবার হুকুম পালন করেছি। জয়ন্ত চেয়েছিল জগন আর ডাক্তারকে মারতে, মনুলাল বাবু চেয়েছিল প্রপার্টি, চন্দ্রলেখা চেয়েছিল মেয়েদের সরাতে। কারণ ওরা তনিমা ম্যাডামের সাথে হাত

মিলিয়েছিল। আর চন্দ্রলেখা মারা যাওয়ার কারণ হলো... ও মনুলাল বাবুকে পুলিশের ভয় দেখাচ্ছিল। তাই ও আমাকে বলল মেমসাহেবকে শেষ করে দিতে।
বিক্রম বলল, এর পরের টার্গেট কে ছিল?
চান্দু চুপ করে থাকার চেষ্টা করলে বিষ্ণু এগিয়ে এল, হাতে ধারালো ছুরি।
বিক্রম গর্বের সঙ্গে বলল, গোর্খা রেজিমেন্টের এটা স্পেশালিটি। এনিমি সোলজারদের ধড় মুণ্ডু আলাদা করে দেয় নিমেষে।
চান্দু সঙ্গে সঙ্গে বলল, পরের টার্গেট ছিল জগনানন্দ মহারাজ আর তনিমা ম্যাডাম। ওরে বাবারে, আমার কোমরটা বোধহয় ভেঙে গেছে।
মতিলাল বললেন, একটু বাদে তুই মরবি, তার আগে কোমর নিয়ে ভাবছিস? বল, ওই জন্যই কি ছোনি আর ন্যাপাকে পাঠিয়েছিলি হাওড়া স্টেশনে? এটা কি মনুলালের নির্দেশ ছিল?
চান্দু বলল, হ্যাঁ স্যার। আমি কোর্টে গিয়ে সব স্বীকার করব। আমাকে মারবেন না।
মতিলাল ঠোঁট উল্টে বললেন, এত যদি তোদের বাঁচার সখ, তাহলে লোককে মারিস কেন? তাদের বুঝি বাঁচতে ইচ্ছে করে না? তাছাড়া তোরা এখানে একরকম বলিস, কোর্টে গিয়ে আর এক খেলা দেখাস। যাকগে, আমাদের যা জানার সব জানা হয়ে গেছে। কামেশ্বর...
মতিলালের ডাক শুনে এগিয়ে এল কামেশ্বর, ইয়েস স্যার।
মতিলাল চান্দুকে দেখিয়ে বললেন, একে ওর বন্ধুদের পাশে পাঠিয়ে দাও। ওদের গঙ্গাপ্রাপ্তি হল, এ বেচারা আর কী দোষ করল?
কামেশ্বর এক গাল হেসে বলল, এতদিনে স্যার একটা মনের মত কাজ পেয়েছি। মাসখানেক পর রিভার ট্র্যাফিকের অফিসাররা আমাকে যখন সুরতহাল করতে ডাকবে, নিজের কাজ দেখে গর্বে বুক ফুলে উঠবে।
মতিলালরা বেরিয়ে আসার সময় শুনতে পেলেন, চান্দুর চিৎকার, না, না, না। তারপর সব চুপ করে গেল। শ্মশানের নিস্তব্ধতা বোধহয় একেই বলে।

২৪. নীল সমুদ্র ও ধূসর সত্য

১ জানুয়ারি, ২০২৬

নতুন বছরের প্রথম সূর্যোদয়টা একটু অন্যরকম আলো নিয়ে এল তিনশো বছরের পুরনো শহরে।
গত কয়েক দিনের ঝোড়ো হাওয়ার রেশ তখনও রয়ে গেছে। সেই ঝড়, যা ভট্টাচার্য প্যালেসের কুড়ি বছরেরও বেশি পুরনো ধুলোবালি ধুয়ে সাফ করে দিয়েছে।
কলকাতা এখন অনেক পেছনে। ওড়িশার গোপালপুরের লোনা হাওয়া আর

সমুদ্রের গর্জন এখন বিক্রম আর মতিলালের সঙ্গী।
মনুলালের সেই রক্তাক্ত আংটিতে চন্দ্রলেখার রক্তের দাগ পুরো দাবার বোর্ডটাই ওল্টে দিতে পারত। কিন্তু আসল লড়াইটা শুরু হয়েছিল আদালতের অলিন্দে। এটাই স্বাভাবিক।
মনুলাল চক্রবর্তী হেঁজিপেঁজি মানুষ নয়। প্রাথমিকভাবে লোয়ার কোর্ট পুলিশ হেপাজতে পাঠালেও হায়ার কোর্টে কলকাতার সবথেকে দামি আর দুঁদে আইনজীবীদের নিয়ে একটা 'ডিফেন্স আর্মি' খাড়া করে ফেলেছিল মনুলাল। তাঁরা খুব সুকৌশলে পুলিশি এভিডেন্সগুলোকে দুর্বল করার চেষ্টা করছিলেন। তাঁরা প্রায় জিতেই যাচ্ছিলেন, মনুলালকে পুলিশের 'বলির পাঁঠা' হিসেবে প্রমাণ করতে তাঁরা ছিলেন মরিয়া।
সেদিক থেকে দেখতে গেলে, মনুলালের আপাতত জয় হল। কারণ মনুলালের বয়ান অনুযায়ী খুনী চান্দু, ছোনি ও ন্যাপাকে পুলিশ আদালতে হাজির করতে পারল না।
পারবে কী করে? তারা তো গঙ্গার তলায় মাছের সঙ্গে সাঁতার কাটছে।
ফলে মনুলাল জামিন পেয়ে গেল, পাঁচ লাখ টাকার বন্ডে।
আদালত থেকে বেরনোর সময় মতিলালকে বুড়ো আঙুল উঁচিয়ে ভিকট্রি সাইন দেখিয়ে শাঁকালুর মত দাঁত বের করে মনুলাল হাসল।
মতিলালও খুকখুক করে হাসলেন, বিড়বিড় করে বললেন, আয়, আয়। তোকে ছাড়া যে তোর শাগরেদদের দিন কাটছে না।
ঠিক তিন দিনের মাথায় মনুলাল চক্রবর্তী নিখোঁজ হয়ে গেল ঠিক তার শাগরেদদের মতো।
মনুলালের সঙ্গে ডিভোর্সের মামলা চললেও স্ত্রীর করা মিসিং ডায়েরির ওপর ফের পুরনো মামলার শুনানি হল।
ডিফেন্স ল-ইয়াররা সরাসরি মতিলাল মিস্ত্রীকে ট্রিগার হ্যাপি কপ বলে দাবি জানাল, অন্যতম প্রধান অভিযুক্তকে নিশ্চয়ই মেরে ফেলা হয়েছে।
মহামান্য বিচারপতি জানতে চাইলেন, কোন প্রমাণের ভিত্তিতে একটি পুলিশ অফিসারের চরিত্রহনন করছেন আপনারা? মিথ্যে অভিযোগ জানানোটাও যে আদালতের চোখে সমান দণ্ডনীয়, তা কি লার্নেড ল-ইয়ারা জানেন না?
সত্যিতো, ডেডবডি না পেলে, খুন প্রমাণ হবে কী করে?
ফের শুনানি পিছিয়ে গেল তিন মাস।
আজ গোপালপুরের সেই ছোট্ট আশ্রমে এসেছেন মতিলাল, বিক্রম ও বিষ্ণু। জানলার বাইরে দিগন্ত বিস্তৃত সমুদ্র। শঙ্কর মহারাজ শুয়ে আছেন ওঁর ছোট খাটিয়ায়। ওঁর বয়সের ভারে নুইয়ে পড়া মুখে এখন এক অদ্ভুত প্রশান্তি। পাশে তনিমা বসে—ওঁর চোখে আর নেই সেই পুরনো আতঙ্ক।
জগদানন্দ মহারাজ, অর্থাৎ জয়ন্ত নারায়ণের ডায়েরিতে বর্ণিত সেই 'প্যাকেজ', এখন ওঁর গুরু আর মায়ের সেবায় ব্যস্ত।
ইন্সপেক্টর মিস্ত্রী, শঙ্কর মহারাজ খুব নিচু গলায় বললেন, খবর পৌঁছেছে

এখানেও। আপনারা এক কঠিন পরিস্থিতির কঠিন বিচার করেছেন।
মতিলাল সমুদ্রের দিকে তাকিয়ে বললেন, সত্যিটা সামনে এসেছে মহারাজ। জগণ, ডঃ বিশ্বাস আর চন্দ্রলেখার দুই মেয়ের খুনের বদলা নেওয়া হয়েছে। যারা খুনি ছিল, তারা আজ আর নেই। যদিও আইন সেটাকে অন্য চোখে দেখছে, কিন্তু আপনাদের জীবন বাঁচাতে এছাড়া অন্য উপায় ছিল না।
শঙ্কর মহারাজ হাসলেন। এক ম্লান, রহস্যময় হাসি। হাত জড়ো করে ঠেকালেন মাথায়। তারপর বললেন, তাহলে অপরাধীরা কি কেউ আর বেঁচে নেই?
বিক্রম ঘরের এক কোণে দাঁড়িয়ে ছিল। পাশে বিষ্ণু। ওদের চোখেমুখে কোনও অভিব্যক্তি নেই।
জানলা দিয়ে দেখা যাচ্ছে, সমুদ্রের ঢেউগুলো এসে পাড়ে আছড়ে পড়ছে, আর পরমুহূর্তেই সব চিহ্ন মুছে নিয়ে ফিরে যাচ্ছে।
মতিলাল বিক্রমের দিকে তাকালেন। তারপর শঙ্কর মহারাজের চোখের দিকে স্থির দৃষ্টিতে তাকিয়ে খুকখুক করে হাসলেন। খুব শান্ত গলায় বললেন, আমি জানি না মহারাজ।
বিক্রম মুখ ফেরাল, নির্লিপ্ত গলায় বলল, কিছু বিচার আদালতের চার দেওয়ালে হয় না, মহারাজ। ন্যায়বিচারের স্বার্থে মাঝে মাঝে আমাদের সেই 'ধূসর' এলাকায় পা রাখতে হয়। আপনি নিশ্চিন্ত থাকুন। আর কেউ আপনাদের ক্ষতি করবে না।

www.ingramcontent.com/pod-product-compliance
Lightning Source LLC
LaVergne TN
LVHW101617210926
848480LV00009B/713

* 9 7 9 8 9 0 4 5 1 4 6 9 3 *